La marca del amor

JULES BENNETT

D1413786

HARLEQUIN™

Editado por HARLEQUIN IBÉRICA, S.A.
Núñez de Balboa, 56
28001 Madrid

I.S.B.N.: 978-84-687-3611-2
Depósito legal: M-21572-2013
Editor responsable: Luis Pugni
Fotomecánica: M.T. Color & Diseño, S.L. Las Rozas (Madrid)
Impresión en Black print CPI (Barcelona)
Fecha impresion para Argentina: 7.4.14
Distribuidor exclusivo para España: LOGISTA
Distribuidor para México: CODIPLYRSA
Distribuidores para Argentina: interior, BERTRAN, S.A.C. Vélez
Sársfield, 1950. Cap. Fed./ Buenos Aires y Gran Buenos Aires,
VACCARO SÁNCHEZ y Cía, S.A.

Capítulo Uno

—Quiero disponer de tu cuerpo.

Callie Matthews se volvió para mirar a su jefe, un atractivo cirujano plástico de Hollywood, que estaba en el vestíbulo de la consulta. Le metió la mano detrás de la espalda y cerró con llave la puerta principal.

—¿Perdona? —preguntó ella, agradecida de que la consulta estuviera cerrada.

Noah Foster puso una pícara sonrisa, una de las que nunca fallaban a la hora de conseguir que a una mujer le temblaran las piernas mientras le bajaba la ropa interior. Por supuesto, su ropa interior siempre había permanecido en su sitio pero…

Si él le dijera que lo siguiera hasta la sala de descanso y…

—Escúchame —dijo él—. Sé que quieres conseguir la oportunidad de tu vida actuando y…

Estaba claro que él no estaba pensando en llevarla a la sala de descanso y arrancarle la ropa interior. Una lástima.

—Sin embargo, tengo una propuesta para ti. Me gustaría que posaras para mi próxima campaña.

Ella negó con la cabeza.

—¿Cómo?

3

Noah se acercó a ella, mirándola a los ojos y sin dejar de sonreír.

—Me gustaría que hicieras de modelo en el anuncio de promoción de mi nueva consulta.

Callie se puso en pie y rodeó el escritorio.

—Es evidente que no lo has pensado bien.

Él la miro de arriba abajo, provocándole todo tipo de sugerentes pensamientos.

—Sí lo he pensado. Y es a ti a quien quiero.

«Oh, cielos. Si esas palabras me las dijera en otras circunstancias».

—Tienes montones de clientes que podrían hacerlo —dijo ella, y se volvió para recoger su bolso, que estaba en la sala del final del pasillo—. Además, nunca he hecho de modelo.

Como la mayor parte de los inmigrantes de Los Ángeles, Callie estaba deseosa de convertirse en una actriz famosa. Sin embargo, su agente no le había conseguido ninguna audición que no fuera bochornosa. Hasta ese momento había hecho un anuncio de una crema antiacné y otro de un medicamento para tratar una enfermedad de transmisión sexual. Desde luego, no era el tipo de fama que anhelaba tener. Pero tenía que empezar por algo, ¿no?

Quizá el asunto de las enfermedades de transmisión sexual fuera el motivo por el que Noah no estaba interesado en verla fuera de la consulta. Quizá no supiera que todo era fingido. Ella gozaba de buena salud en esa área, y había que tener en cuenta su falta de experiencia en el tema sexual. No era virgen, pero solo había tenido dos aventuras patéticas.

—Solo quiero unas fotos tuyas, Callie —Noah la siguió y se apoyó en el cerco de la puerta—. El anuncio que queremos hacer mostrará la manera de permanecer joven.

Callie se cruzó de brazos y se apoyó en mostrador.

—Pero aparte de la pequeña cicatriz que tenía en la barbilla y que me trataste con microdermoabrasión, no me he hecho nada más. ¿No sería publicidad falsa?

—Sería publicidad falsa si nunca hubieras sido mi cliente. Pero eres perfecta, Callie. Eres bella, y quedarás muy bien ante la cámara. Después aparecerás en todas las vallas publicitarias de la ciudad. Dime que no te gusta la idea de verte expuesta.

—¿Crees que eso me ayudaría con el tema de la interpretación?

Él se encogió de hombros.

—No te hará daño.

Callie soñaba con que le dieran un papel en la próxima película de Anthony Price, y su agente estaba tratando de que le hicieran una prueba. Quizá si tuviera los contactos adecuados…

—Yo también tengo una propuesta para ti —contestó ella.

Él frunció el ceño y entornó los ojos.

—Me pones nervioso cuando pones esa cara. La última vez que tuviste un momento de inspiración terminamos en la sala de descanso con una máquina de café que salpicó el suelo y todas las paredes.

—Fue un incidente técnico de menor importancia.

Él suspiró.

–Cuéntame, Callie.

–Si hablas con Olivia Dane para que me consiga una audición para la próxima película de Anthony, posaré para ti.

Si Noah llamaba a la mujer que, además de ser una de sus mejores clientas era la madre del famoso productor de la película en la que Callie deseaba conseguir un papel, siempre le estaría agradecida.

–No te digo que le pidas que me dé un papel –continuó al ver que él no decía nada–. Solo quiero que me hagan una prueba para demostrarles lo que puedo hacer.

Odiaba que pareciera que estaba suplicando pero lo estaba haciendo. Había ido a Los Ángeles en busca de un sueño y haría lo posible por conseguirlo.

Creía en el destino y no era coincidencia que estuviera trabajando para el cirujano plástico que se ocupaba de satisfacer todas las necesidades de la mujer más famosa de Hollywood.

–Por favor –dijo, con una amplia sonrisa.

–¿Tu agente no puede conseguirte una audición? –preguntó él.

Callie se encogió de hombros.

–Dice que no es el papel adecuado para mí. Pero si no me dan la oportunidad nunca podré demostrar mi talento.

Él estiró el brazo y le colocó la mano en el hombro. Ella no pudo evitar estremecerse. Deseaba sentir aquellas manos sobre su cuerpo sin ropa de por medio.

«Los sueños de uno en uno, Callie», pensó.

–Tu agente lleva en este negocio bastante tiempo –comentó él con tono suave–. Quizá sepa de qué está hablando.

–No veo qué tiene de malo –insistió ella–. Si no lo consigo, tampoco pierdo nada. Existe la posibilidad de que pudiera conseguir algo con lo que he estado soñando toda mi vida.

–No puedo llamarla. Sé cuánto lo deseas pero no podría vivir tranquilo sabiendo que te he ayudado a tener una forma de vida que no es tan glamurosa como tú crees. No llevas tanto tiempo en la ciudad, Callie. ¿Por qué no te relajas? Anthony Price es un asunto serio.

–Está bien. Conseguiré una audición por mis propios medios.

Él le colocó las manos en las caderas.

–Deja que tu agente haga su trabajo, Callie. Uno no se convierte en estrella de un día para otro. Eres una mujer guapa, así que no tendrás problema para que se fijen en ti.

Ella sintió que una ola de calor la invadía por dentro. Que un hombre como Noah Foster le dijera que era una mujer guapa, era uno de esos cumplidos que siempre guardaría en el corazón.

–Te daré cincuenta mil dólares por posar.

–¿Cincuenta mil? –preguntó Callie, asombrada por la oferta–. ¿Te has vuelto loco?

Él se rio.

–Cuando te asombras, el acento se te vuelve muy fuerte.

—No tengo acento —dijo ella—. Y retomando el tema de la oferta, ¿estás bromeando?

Él se puso serio.

—Nunca bromeo acerca del trabajo o del dinero.

Cincuenta mil dólares era mucho dinero. Sus padres necesitaban cambiar el tejado de la casa y, además, podría comprarles otro coche, uno en el que pudieran confiar. ¿Cómo podía rechazar una oferta así?

Mientras pensaba en los pros y contras, Noah la miró de ese modo que hacía que se pusiera nerviosa. Por un lado, era cirujano y siempre parecía que la estuviera analizando. Por otro, le parecía un hombre tremendamente sexy. Y el hecho de que siguiera soltero le resultaba incomprensible.

Quizá fuera pésimo en la cama.

Aunque no era posible que un hombre como Noah Foster fuera un desastre entre las sábanas. Era un hombre muy sexy y, puesto que vestido ya era perfecto, ella no podía imaginar cómo sería cuando estuviera desnudo.

Noah le dedicó una sonrisa seductora como para tranquilizarla por su futuro. Ella sabía que no podía rechazar ese dinero y por mucho que deseara que él llamara a Olivia, le estaba agradecida por que confiara tanto en ella como para ofrecerle esa cantidad.

—Haré el anuncio —contestó—. Si estás seguro de que mi imagen es la que quieres que aparezca en las vallas publicitarias.

—Eres exactamente lo que quiero, Callie. Quiero capturar tu juventud e inocencia.

Callie se rio.

—No soy tan inocente.

—Te mudaste aquí hace menos de un año y te criaste en el Medio Oeste —se inclinó una pizca y la miró con sus ojos oscuros, invadiendo su espacio personal—. Prácticamente sigues siendo virgen.

Callie sintió que se le secaba la boca porque la palabra virgen provocó que pensara en el sexo, y Noah estaba demasiado cerca.

—Te aseguro que no soy virgen.

—Está bien saberlo —dijo él con una sonrisa—. Pero me alegro que hayas aceptado posar para las fotos.

—¿Alguna vez has tenido que luchar por algo o siempre te basta con poner esa sonrisa? —bromeó ella.

Durante un instante, Noah puso una expresión sombría y tragó saliva.

—Te sorprenderías si supieras todo por lo que he luchado y todo lo que he perdido.

«No es asunto mío», pensó ella. Todo el mundo tenía un pasado y solo por el hecho de que él fuera un cirujano rico y poderoso, no significaba que lo hubiera tenido fácil. Pero aquella había sido la primera vez que había visto un indicio de sufrimiento tras aquella sonrisa millonaria.

No era virgen.

Noah se quejó en silencio. Era posible que Callie Matthews no fuera virgen en el sentido sexual, pero era evidente que era una mujer muy inocente, puesto que si hubiera imaginado lo que él había pensado mientras estaba con ella lo habría denunciado por acoso sexual.

Él se negaba a caer en el estereotipo de salir con su recepcionista pero admitía que le gustaría conocerla en la intimidad. Dos días antes había jugado con fuego al acorralarla en la sala. Al acercarse a ella había visto el brillo de sus ojos verdes y la manera en que se humedecía los labios con nerviosismo, unos labios sensuales que suplicaban que los besaran. Sus clientas pagaban una pequeña fortuna por conseguir una boca como la de Callie.

Noah se acomodó en la silla del despacho. Ella estaba a punto de llegar y él pretendía que su relación fuera estrictamente profesional.

No volvería a tocarla ni permitiría que lo atrapara con su mirada y sus sueños infantiles.

Si Callie supiera a lo que se exponía tratando de convertirse en actriz de Hollywood, regresaría sin pensarlo a su lugar de origen. No todo era glamour y ostentación. Y no estaba dispuesto a volver a presenciar cómo la mujer que le gustaba caía en el lado oscuro de la vida de Hollywood.

Las heridas que le había provocado su prometida estaban demasiado recientes.

Y entre que todos los días debía regresar a la casa que habían compartido y que seguía preocupado por la enfermedad de la abuela de ella, Noah tenía la sensación de que esas heridas nunca llegarían a cicatrizarse.

A veces, Callie le recordaba tanto a Malinda que

incluso pensar en la manera en que su prometida solía ilusionarse con su futura carrera como actriz, lo hacía sufrir. La historia de Callie era la misma que la de Malinda... Y esa vez él se negaba a encariñarse.

Se pasó la mano por el cabello intentando olvidar la pesadilla que todavía lo invadía.

Su prometida había sido todo para él. Y él habría hecho cualquier cosa para salvarla. Pero había fracasado. Le había fallado a la mujer que amaba de todo corazón, a la mujer con la que había deseado pasar el resto de su vida. Noah nunca volvería a entregar su corazón. Creía que no podría soportar otra pérdida.

Así que no hablaría con Olivia para intentar que Callie consiguiera el papel. De hecho, quería utilizarla como modelo para evitar que se adentrara en un mundo oscuro que Callie desconocía por completo. Si conseguía mantenerla satisfecha con el dinero, y mantener su atención en la idea de hacer de modelo, quizá olvidara su sueño de convertirse en actriz.

Tenía que intervenir y hacer algo. No podía mantenerse al margen y observar cómo otra mujer inocente se convertía en víctima del lado oscuro de la industria del cine.

Porque ya sentía cierta preocupación por la bella e ingenua recepcionista. Sabía cuánto le pagaba pero también que nunca tenía dinero. ¿No sería que a pesar de que solo había hecho algunos anuncios ya había caído en el lado oscuro del que él quería protegerla?

El cinismo nunca había sido una característica de

su forma de ser hasta que estuvo conviviendo con una adicta, y odiaba el pesimismo que desde entonces se apoderaba a de él.

Oyó que se abría la puerta trasera de la consulta, después el sonido de las pisadas de unos zapatos de tacón acercándose a su despacho.

–¿Todo bien? –preguntó Callie, con el bolso colgado de un hombro y la bolsa de comida en la otra mano.

–Por supuesto. ¿Por qué no iba a ser así?

Ella lo miró de reojo y esbozó una sonrisa.

–Porque nunca llegas a la consulta antes que yo.

El vestido azul que llevaba le resaltaba las curvas del cuerpo de manera sexy pero profesional, y Noah tuvo que controlarse para no pensar en cómo le gustaría quitárselo o si ella habría conseguido ponerse algo debajo. Tenía que ser un tanga o nada. Y si no llevaba ropa interior… No podía pensar en eso.

–Tenía algunas cosas que hacer antes de que llegara mi primer cliente –dijo él–. Hay un niño que se quemó en un incendio y puede que me lo deriven. De hecho acabo de colgar con un colega tras barajar las distintas posibilidades que tiene el pequeño.

–Recuerdo el caso –sonrió Callie–. Eso es lo que te convierte en un doctor estupendo. Me hizo mucha ilusión que aceptaras el caso.

Noah no quería que ella lo considerara un salvador. Y, desde luego, no quería implicarse emocionalmente con un niño. Los niños eran vulnerables por naturaleza.

–La tía del niño es una buena clienta y me ha pedido que le eche un vistazo. Eso no significa que pueda dejarlo en perfecto estado. Tendré que esperar unas semanas porque las quemaduras todavía son relativamente recientes.

–Al menos le estás dando esperanza y una oportunidad –dijo Callie, mirándolo como si fuera algo más que un doctor–. Eso ya es mucho, Noah. No te quites importancia.

–No, pero quiero ser realista. Es posible que no pueda hacer nada, pero haré todo lo que esté en mi mano para ayudarlo.

La mayor parte de los médicos se creían dioses, pero Noah conocía sus capacidades y sus limitaciones.

Ella puso una amplia sonrisa.

–Tengo nuevas noticias desde que el otro día hablamos sobre la audición. ¡He recibido una llamada! –exclamó antes de dejar sus cosas en una silla–. ¿No es estupendo? Mi agente me llamó ayer, cuando iba de camino a casa, y me dijo que podía conseguirme una audición para el lunes.

–Me alegro –mintió él–. Asegúrate de llamar a Marie para ver si puede sustituirte.

–Lo haré –sonrió ella, después bajó la vista, se cubrió el rostro con las manos y rompió a llorar.

–¿Callie? –Noah rodeó el escritorio para acercarse a ella–. ¿Estás bien?

Ella se secó las mejillas y negó con la cabeza.

–Quería una oportunidad y la he conseguido –le dijo–. Después de llamar a Olivia…

–¿Has llamado a Olivia?

13

Callie asintió.

–Ayer por la mañana. Tenía que llamarla para recordarle que la próxima semana tiene cita para el tratamiento de Botox. Se me ocurrió que era mi oportunidad para pedirle una audición. Lo peor que podía pasarme es que dijera que no. Se quedó impresionada con mi iniciativa y me dijo que vería lo que podía hacer –sonrió un instante–. Y anoche me llamó mi agente, así que ya está.

Noah pensaba que ella no sabía qué era lo que pedía. Era posible que imaginara que en Hollywood todo eran alfombras rojas y celebraciones.

Pero parecía tan contenta que ¿cómo no iba a apoyarla? Sería un cretino si no le mostraba su apoyo. Su madre siempre le había enseñado a comportarse como un caballero.

–Es estupendo, Callie –incluso sonrió para demostrarle que se alegraba por ella. Después, le señaló el rostro–. A lo mejor quieres retocarte el maquillaje antes de que lleguen los pacientes.

Callie se tocó los párpados y, al ver que se había manchado los dedos de negro, dijo:

–Oh, no. Debo tener un aspecto desastroso.

–No podrías hacer nada para ser menos bella.

Sin pensarlo, estiró la mano para secarle las lágrimas. Al sentir el roce de su dedo pulgar, ella contuvo la respiración y lo miró a los ojos.

Después posó la mirada en sus labios y volvió a mirarlo. Noah deseó estrecharla entre sus brazos y besarla. Solo una vez. ¿Qué problema había?

Su relación laboral.

—Será mejor que vaya a arreglarme –dijo ella, dando un paso atrás y recogiendo las cosas que había dejado en la silla. Antes de marcharse, se volvió para mirarlo por encima del hombro.

—Gracias, Noah. Significa mucho para mí tener a alguien que me apoye.

¿Qué podía haber hecho? ¿Tirar por tierra todos sus sueños? ¿Y en qué diablos estaba pensando? La había acariciado y se había acercado a ella tanto como para ver el brillo de sus ojos verdes e inhalar la fragancia que se desprendía de su piel.

Y Callie lo había mirado como si fuera un santo. Y no le gustaba. Deseaba a Callie, pero solo físicamente. Cualquier otra cosa sería una locura. Pero sus hormonas no captaban el mensaje.

Tenía que mantener la situación bajo control. Siempre le habían gustado las mujeres bellas pero el carácter inocente y entusiasta de Callie le resultaba intrigante. Ella no parecía hastiada o amargada, como la mayoría de las mujeres que conocía. Y quizá por eso le resultaba tan fascinante.

Y si fuera capaz de recordar que mantenían una relación laboral, quizá pudiera dejar de imaginarla desnuda y abrazada a su cuerpo.

No podía tener una relación íntima con Callie. Había prometido que nunca volvería a implicarse emocionalmente con nadie. Sin embargo, nunca había deseado tanto a una mujer. Y todo indicaba que ella también se sentía atraída por él.

Debía mantener la distancia.

Capítulo Dos

A Callie le temblaban las manos. ¿Era real lo que estaba sucediendo? Llevaba en Los Ángeles poco menos de un año y sabía que la mayor parte de la gente tardaba mucho más tiempo en conseguir, si es que lo hacía, que le hicieran una audición.

Pero Callie no solo había conseguido la audición, sino que había sido un éxito. Su agente la había llamado para decirle que había conseguido el papel. No era un papel muy importante pero intervendría en tres escenas con los actores principales. Solo le quedaba mostrar sus capacidades, hacer bien el papel y esperar a que le surgieran más oportunidades.

Apretó el volante con fuerza y soltó un grito de júbilo mientras conducía hacia la consulta de Noah. Estaba deseando llegar para contarle las buenas noticias. Era el día en el que solo trabajaba media jornada así que Marie estaría en la consulta también y podría compartir con ella la noticia.

Por fin iba a conseguir lo que siempre había deseado. Había conseguido el papel y, además, posaría para las fotos de Noah y conseguiría dinero para ayudar a sus padres. Ellos se alegrarían de poder vivir con más tranquilidad y ella estaba ansiosa por ser la que se la proporcionara.

Toda la vida había estado eclipsada por sus hermanos. Callie era la hija mediana y puesto que nunca había destacado en el deporte o en los estudios, había pasado desapercibida. Bien, pues ya nadie volvería a ignorarla.

Todos los años que se había esforzado en la universidad haciendo dietas y deporte antes de ir a Los Ángeles habían merecido la pena. El sueño de convertirse en actriz estaba a su alcance. La adolescente gordita que todavía aparecía en sus pesadillas podía evaporarse, porque esa chica ingenua con baja autoestima ya no existía.

Callie intentó no pensar en su humillante pasado y se centró en la felicidad que sentía. De ninguna manera iba a permitir que sus viejas inseguridades y los días de acoso que había sufrido en la escuela continuaran siendo relevantes en su vida. Había llegado el momento del triunfo, ya que había conseguido un papel en la última película de Anthony Price.

Al entrar en el edificio, Marie, la recepcionista suplente, la saludó.

—Hola, Callie —le dijo la mujer con una sonrisa—. Hoy pareces muy contenta.

Callie no pudo ocultar su entusiasmo.

—He conseguido el papel. No puedo creerlo. Lo he conseguido.

Marie se puso en pie, rodeó el escritorio y la abrazó.

—Me alegro mucho por ti —le dijo.

—Puede que no te alegres tanto cuando tenga que dejar el trabajo cuando comience el rodaje —dijo Callie—. Tendrás que hacer muchas horas extra.

Marie se rio.

–Me aseguraré de que Noah contrate a otra persona, aunque nadie puede sustituirte.

Callie agradeció el cumplido.

–¿Noah está ocupado?

Marie asintió.

–En cuanto termine de quitarle los puntos a la señora McDowell estará libre. Ve a su despacho y yo le diré que estás aquí.

–No le cuentes nada –dijo Callie–. Quiero que sea una sorpresa. De hecho, ni siquiera le digas que estoy aquí. Simplemente dile que hay alguien esperándolo.

Marie se rio.

–Me gusta tu manera de ser. Me aseguraré de que vaya al despacho directamente.

Callie se dirigió al despacho. Estaba deseando compartir su entusiasmo con Noah.

Entró en el despacho y se sentó en la silla de piel que había detrás del escritorio. Estaba segura de que a él no le importaría que se pusiera cómoda. Dejó el bolso en el suelo, se cruzó de piernas y esperó.

Con el dinero que ganara con la película también se compraría un coche para ella. El Honda que tenía debía de haberlo jubilado hacía tiempo. Estaba deseando ir de compras.

Antes de que pudiera pensar de qué color se compraría el coche, Noah entró en el despacho. Ella se levantó de la silla enseguida y exclamó:

–¡Me han dado el papel!

Noah se quedó paralizado un instante, como tratando de asimilar sus palabras. Después, atravesó la habitación y le dio un fuerte abrazo.

Si hubiera sabido que iba a ser algo tan agradable le habría pedido que la abrazara cada mañana al entrar.

Noah se separó de ella pero continuó agarrándole los brazos.

–Pareces muy contenta.

–Nunca he estado tan feliz –dijo ella.

–Entonces, me alegro por ti –dijo él, y retiró las manos.

–Tengo ganas de celebrarlo.

–No lo celebres demasiado no vaya a ser que te olvides de la sesión de fotos de mañana.

Callie sonrió.

–Allí estaré.

Noah la miró un instante.

–¿Qué te parece si te invito a cenar para celebrarlo? –preguntó él, de pronto.

–¿A cenar?

Noah soltó una carcajada.

–Callie, sé lo que significa no tener cerca a la familia. Tienes que compartir este momento con alguien.

Callie recordaba que él había mencionado que su familia vivía al norte de California. Después, no le había contado nada más, así que ella no había hecho ninguna otra pregunta sobre el tema.

–¿Cuándo podemos ir? –preguntó.

–¿Qué tal después de trabajar? –sugirió él, quitándose la bata y colgándola detrás de la puerta–. No te nemos una tarde muy ocupada. Quizá hasta podamos salir temprano.

Callie pensó que le gustaría arreglarse un poco.

–Podrías dejar el coche aquí –continuó él–. Yo conduciré.

Callie no podía rechazar una oferta como esa. Era lo más parecido a una cita que iba a tener con su jefe.

–¿Y dónde vamos? –preguntó ella, siguiéndolo por el pasillo hasta la sala de descanso.

Él se volvió y le dedicó una amplia sonrisa.

–Tú eliges. Es tu noche, Callie.

Ella pensó un instante y se acordó de un sitio al que siempre había querido ir pero nunca había encontrado la oportunidad.

–Ah, se me ha ocurrido el lugar perfecto –contestó con una sonrisa.

Noah no podía creer que Callie hubiese elegido ese restaurante entre todos los que había en Los Ángeles. Una pizzería con juegos mediante los que se conseguían boletos para recibir diferentes premios al final de la cena. Era viernes por la noche y el local estaba lleno de niños corriendo de un lado para otro, gritando y enseñando sus premios a todo el mundo.

Y Callie parecía encajar a la perfección en aquel lugar.

No era eso lo que él había imaginado al decirle que escogiera un sitio para ir a cenar. Sin embargo, ella estaba pasándoselo en grande mientras jugaba a disparar en una diana.

Callie Matthews siempre estaba contenta, era alegre y sorprendente.

Y él no había mentido al decirle que se alegraba por ella. Ver su sonrisa de oreja a oreja lo había removido por dentro. Y aunque no le entusiasmaba la idea de que pudiera perder su inocencia, no podía permitir que celebrara sola que había conseguido un papel.

Su inocencia lo estaba cautivando, y ella no tenía ni idea del poder que empezaba a tener sobre él.

Noah sintió que le vibraba el teléfono móvil y lo sacó del bolsillo. Al ver el número sonrió.

—Así que estás vivo —dijo al contestar.

—¡Canalla!

Noah se rio al oír la contestación de Max Ford, su mejor amigo.

—Si pasa una semana y sé que no estás grabando, he de suponer que estás muerto o haciendo algo muy interesante. Me alegra saber que sigues entre nosotros.

—Estoy vivo —le aseguró Max—. ¿Y tú dónde estás? Parece que estés en un cumpleaños infantil.

Noah miró a su alrededor y dijo:

—No te lo creerías si te lo dijera.

—En tus horas libres trabajas como payaso en fiestas para niños, ¿a que sí? —bromeó Max—. No estoy seguro de que a las mujeres les guste la película del payaso Bozo, amigo.

Noah se rio.

–¿Has llamado para meterte conmigo o querías algo?

–Quería saber si mañana estás libre. No te veo hace algún tiempo y pensé que podíamos quedar un rato.

Callie saltó de la silla de la máquina de carreras en la que estaba jugando y sonrió al ver que salían un montón de boletos amarillos. Su entusiasmo era contagioso y Noah no pudo evitar sonreír. ¿Cuándo había sido la última vez que había sonreído de verdad y no porque se sentía obligado a complacer a su acompañante?

–Mañana tengo la sesión de fotos para los anuncios de mi consulta –dijo Noah–. Si todo sale como está planeado, por la noche estaré libre.

–Creía que seguías buscando una modelo.

Cuando Callie se volvió para mirarlo, él gesticuló para decirle que salía del local. Ella asintió y se dirigió a otro juego.

–Callie va a posar para el anuncio–dijo Noah, dirigiéndose a un lugar con menos ruido.

–¿Callie Matthews? Maldita sea, está buenísima. ¿Cómo lo has conseguido? ¿Ha trabajado como modelo antes?

Una vez en la calle, Noah se sentó en el banco que había junto a la puerta.

–No, pero estoy intentando cuidar de ella. Acaba de conseguir un papel bastante bueno en la nueva película de Anthony Price.

–Noah, no puedes salvar a todo el mundo –le dijo Max con un suspiro–. Has de olvidar el pasado.

—Es fácil decirlo.

—¿Te han hecho alguna otra oferta para la casa? —preguntó Max.

—Solo dos.

—¿Y las rechazaste?

—Sí, las he rechazado —dijo Noah, pasándose la mano por la cabeza.

—¿Y todavía vas a ver a Thelma cada día?

Noah sintió una fuerte presión en el pecho.

—Solo me tiene a mí.

—Ni siquiera es de tu familia, Noah. Tienes que superarlo. Sé que es la abuela de Malinda pero llevas un año pagando para que esté atendida. Tiene *alzheimer*. No se enterará si dejas de ir. Has de enterrar el pasado.

—Lo haré cuando llegue el momento.

—Bien —dijo su amigo—, podrías empezar invitando a Callie a salir. Sería perfecta para ti.

—No voy a invitarla a salir —contestó Noah. Al menos, no iba a pedirle una cita formal.

—Estupendo. Entonces no te importará si...

—Sí, me importa —lo interrumpió Noah—. Ya tienes bastante sin añadir a Callie a tu lista.

—No puedes pretender tenerla en exclusiva y no hacer nada al respecto. Los dos sois adultos. Si quieres pasar de una relación laboral a una relación personal, ¿qué te lo impide?

—Es la mejor recepcionista que he tenido nunca. Me gustaría mantenerla un tiempo.

—Lo más probable es que se vaya cuando comience a actuar, así que, ¿por qué no aprovechas en lugar de torturarte? –preguntó Max–. Sabes que has pensado en ello.

Y fantaseado. Incluso había tenido que darse alguna ducha de agua fría.

Noah se puso en pie y, al mirar hacia el interior, vio que Callie estaba buscándolo.

–Escucha, tengo que irme –dijo Noah–. Mañana te llamo para decirte a qué hora termino.

Guardó el teléfono en el bolsillo y regresó al interior. Callie sonrió desde el otro lado de la sala y él sintió un cosquilleo en el estómago.

–Estoy lista para canjear mis premios –le dijo, mostrándole los boletos–. Aquí tengo cien y creo que antes te di otros tantos. A ver qué es lo que me dan.

Noah sacó del bolsillo los boletos que ella le había dado. Le costaba creer que esa fuera su idea de celebración. Desde luego, no se parecía a las otras mujeres que él conocía. Ellas habrían elegido el restaurante más caro y habrían intentado acostarse con él después de la cena… Y él nunca se había quejado de ese tipo de noches.

Callie era diferente, y Noah se había percatado de ello desde el primer día que trabajó a su lado. Era como una bocanada de aire fresco y, aunque nunca sabía qué podía esperar de ella, sabía que siempre era algo estupendo.

Después de que eligiera sus premios, un mono horroroso y una goma de borrar con forma de flor, regresaron a la consulta en el coche. A pesar de que ella permaneció en silencio casi todo el trayecto, iba sonriendo de oreja a oreja.

–¿Lo has pasado bien? –preguntó él.

–De maravilla –dijo ella–. De niña siempre deseé ir a un sitio de esos.

–¿Y por qué no fuiste? –le preguntó mirándola de reojo.

Callie dejó de sonreír y comenzó a jugar con la oreja del mono.

–No tuve una infancia muy agradable.

Noah aparcó el vehículo y la miró.

–Lo siento, Callie. No pretendía cotillear. Llevas algún tiempo trabajando para mí y no sé mucho de tu vida.

Ella intentó sonreír pero lo miró con tristeza.

–Preferiría hablar de mi vida ahora en lugar de de mi pasado. No sé cómo darte las gracias, Noah –le dijo agarrándolo por el antebrazo–. No sabes cuánto valoro nuestra amistad. Al menos, me gusta pensar que somos amigos.

–Lo somos –dijo él, enojándose al ver que le temblaba la voz como si fuera un adolescente.

–Bien –dijo ella con una amplia sonrisa–. Me alegra saber que tengo gente con la que puedo contar.

Se inclinó hacia delante y lo besó en la mejilla. Se retiró una pizca y lo miró a los ojos un instante. Noah se quedó paralizado y se sorprendió cuando ella lo besó en los labios, dudando un instante como si esperara que él le diera su aprobación.

–Lo siento –susurró ella–. ¿Ha sido un gesto poco profesional?

–No tanto como este.

Le sujetó el rostro y la besó en los labios.

Callie sabía que en el aspecto profesional aquello no estaba bien. Pero en el personal, besar a Noah Foster era perfecto.

Él le acarició la barbilla mientras ladeaba el rostro para besarla mejor. La estaba besando en los labios y, sin embargo, Callie experimentaba una intensa sensación por todo el cuerpo.

La atracción que sentía hacia ella no podía haber sido algo repentino ya que, si no, no estaría devorándola de esa manera, provocando que le temblaran las piernas.

Pero antes de que ella pudiera disfrutar al máximo del mejor beso que le habían dado nunca, Noah se retiró.

—Cielos, Callie, yo…

—No —dijo ella, mirándolo a los ojos—. No digas que lo sientes.

—No iba a hacerlo —dijo él, fijándose en sus labios—. Iba a decirte que no sé qué me ha pasado, pero sería mentira. Llevaba tiempo deseando hacer lo que he hecho.

—Yo también —admitió ella.

Noah sonrió.

—Trabajas para mí.

—¿Y qué? —preguntó ella—. Quiero decir, no tengo que dejar el trabajo ¿no?

—¿Quieres dejarlo?

Callie arqueó una ceja.

—No me contestes con una pregunta.

—Solo intento buscar una solución a todo esto…

Ella sonrió.

–¿Te refieres al hecho de que te desee?

–Sí –dijo él.

–No voy a mentirte sobre mis sentimientos, Noah –dijo ella, acariciándole los brazos–. Si eso hace que te sientas incómodo…

–No me siento incómodo –dijo él–. No voy a negar que hay química entre nosotros.

Noah Foster, uno de los hombres más atractivos que había conocido, había admitido que se sentía sexualmente atraído por ella.

–No me gustan las relaciones serias pero no puedo negar que, en este caso, hay mucha química. Nunca he estado en esta situación y estoy intentando hacerlo de la manera más sencilla.

–¿A qué situación te refieres? –preguntó ella–. ¿A tener una aventura en el coche con una empleada?

Suspirando, Noah se rio y negó con la cabeza.

–No vas a hacer que resulte sencillo, ¿verdad?

–¿El qué?

–Ah, ahora eres tú la que va a responder una pregunta con otra.

–*Touché.*

–¿Qué te parece si salimos una noche y vemos adónde nos lleva esto? Puesto que la atracción es mutua, no veo por qué no podemos intentarlo.

Callie sintió que se le encogía el estómago. Estaba segura de que si quedaban acabarían en la cama, porque el beso que habían compartido estaba lleno de promesas. La idea la entusiasmaba, y la excitaba, pero tenía que ser realista. No quería provocar un ambiente extraño en la consulta.

–Te diré una cosa –lo miro y sonrió–. Cuando empiece el rodaje, saldré contigo. Pero no antes de que deje mi trabajo. ¿Te parece?

–Ya te he dicho que no me gustan las relaciones serias, así que no me importa cuándo quedemos. Preferiría verte fuera de la consulta ahora mismo, pero eso es porque soy un impaciente.

Ella se rio.

–Está claro que vas al grano ¿no?

Él se encogió de hombros.

–No voy a mentir. Me preocupa que la vida de Hollywood te haga cambiar –suspiró el, intentando no asustarla–. Sé que no es asunto mío pero...

–Estaré bien, Noah –le aseguró ella–. Es con lo que siempre he soñado. No tienes por qué preocuparte.

–No tienes ni idea –murmuró Noah, mirando a lo lejos.

Decidió que si la mantenía a su lado quizá podría protegerla. Sabía que no podía salvar a todo el mundo. No había podido salvar a Malinda, pero tampoco podía observar cómo se destrozaba otra mujer. Si solo podía salvar a una, quería que fuera Callie.

Callie recogió sus cosas y abrió la puerta del coche.

–Será mejor que me vaya. Gracias por todo.

Antes de salir, lo besó en la boca.

Sin duda, tener que esperar a que comenzara el rodaje el mes siguiente les iba a parecer una eternidad.

Capítulo Tres

Noah miró el reloj y continuó paseando de un lado a otro. No solo quería terminar la sesión de fotos sino que también quería pasar por la residencia a ver a Thelma. No estaba contento con la enfermera del turno de tarde y quería aparecer allí por sorpresa. Además, quería quedar con Max.

—Escucha, Noah, solo puedo esperar cinco minutos más —le dijo el fotógrafo—. Si no, tendremos que aplazarla. Después tengo otra sesión y tengo que prepararla.

Noah se detuvo con las manos en las caderas.

—Lo siento. He intentado llamarla al móvil varias veces. No es su estilo llegar tarde o no aparecer. Es muy profesional.

La noche anterior no habían regresado tarde pero ¿habría salido ella otra vez? La imagen de Malinda prometiendo que aparecería en algún lugar se le vino su cabeza. Solía encontrarla en casa, colocada y al margen de la realidad.

Odiaba pensar lo peor de Callie pero lo habían engañado durante tanto tiempo… Además, se preguntaba en qué se gastaba Callie el dinero. Siempre se llevaba la comida de casa y tenía un coche muy viejo. No había visto ningún indicio de que consumiera algún tipo de droga pero la mayor parte de los toxicómanos no consumía todo el tiempo. ¿Y a qué se dedicaba cuando no estaba en la consulta? Por lo que él sabía, salía todos los fines de semana.

La imagen de Malinda antes de morir, con los ojos oscuros, la tez pálida y las mejillas hundidas, todavía lo perseguía, y no le gustaría ver cómo Callie Matthews caía en el mismo abismo.

Callie siempre se había comportado como una profesional y nunca había llegado tarde. Algo había sucedido.

Sacó el teléfono del bolsillo y trató de llamarla otra vez mientras el fotógrafo empezaba a recoger el equipo. Ya le había dejado bastantes mensajes así que, cuando saltó el buzón de voz, colgó.

–Te pagaré el día de hoy, Mark –dijo Noah–. ¿Podemos quedar para el próximo sábado? ¿A la misma hora?

Mark asintió.

–Por supuesto. Y no te preocupes por lo de hoy. Estas cosas pasan.

Noah ayudó a Mark a llevar el equipo hasta el coche. Cuando terminaron, había pasado más de una hora y no había recibido noticias de Callie.

Tenía la sensación de que algo no iba bien. Decidió pasar por su casa antes de ir a la residencia. Callie estaba sola en Los Ángeles, no tenía familia ni compañeros de piso. Debía asegurarse de que estaba bien.

En ese momento, le sonó el teléfono y el pánico se apoderó de él un instante. Trató de relajarse pensando en que sería Callie que llamaba para disculparse por llegar tarde.

Al ver que en la pantalla aparecía «número privado», perdió toda esperanza. Apretó el botón para activar el dispositivo de manos libres y continuó conduciendo hacia el apartamento de Callie.

–¿Diga?

–¿Señor Foster?

–Sí, soy yo.

–Me llamo Marcia Cooper y trabajo de enfermera en el área de urgencias de Cedars-Sinai Medical Center. Nos han traído a la señorita Matthews y hemos intentado, sin éxito, localizar a una de sus vecinas. Callie nos ha pedido que intentáramos localizarlo a usted.

–¿Se encuentra bien? –preguntó Noah, asustado.

–No puedo informarle de su estado por teléfono –le dijo la enfermera–. ¿Podría venir?

–Enseguida voy.

Noah aceleró y sorteó el tráfico. La idea de que Callie estuviera herida provocó que se le formara un nudo en el estómago. ¿Qué le habría pasado? ¿Se habría cortado y necesitaba puntos? ¿Se habría caído y golpeado en la cabeza? ¿La habrían agredido?

La imagen de su difunta prometida tirada en el suelo del dormitorio le invadió la cabeza y trató de ignorarla. No podía dejarse llevar. Callie lo necesitaba.

Noah aparcó el vehículo en el aparcamiento reservado para médicos y corrió hasta la sala de urgencias.

–Noah.

Se volvió al oír la voz del doctor Rich Bays, un colega que conocía bastante bien.

–¿Estás aquí por algún paciente?

–Sí –dijo Noah–. Se llama Callie Matthews. ¿Es tu paciente?

–Así es. Está en la habitación número siete.

–¿Cómo se encuentra?

–Te lo contaré mientras vamos hacia la habitación –comenzó a caminar–. Tiene un corte profundo desde la sien hasta la mandíbula y la clavícula derecha fracturada. El resultado del TAC no tardará mucho y, entonces, tendremos más información. Por lo que me han contado acerca del accidente de coche, es afortunada por no estar mucho peor.

–¿La vais a dejar en observación? –preguntó Noah.

–Durante la noche. Aunque el resultado del TAC sea bueno. Estaba inconsciente cuando la trajeron –el médico se detuvo frente a una puerta corredera–. Y cuando regrese a casa, probablemente necesite ayuda.

–Me aseguraré de que esté bien atendida.

No iba a permitir que pasara sola la recuperación. La llevaría a su casa o se mudaría con ella a su apartamento.

¿Y cómo afectaría todo aquello al papel que acababa de conseguir? El rodaje empezaría muy pronto. ¿Sería consciente de la gravedad de sus lesiones? El hueso roto se curaría, pero el corte del rostro…

Un corte profundo podía tardar un año en curarse, dependiendo de los tejidos afectados incluso era posible que tuviera que someterse a alguna operación. Y por supuesto, sería él quién se ocupara de todos los cuidados médicos.

Aunque era posible que no estuviera tan mal como él imaginaba… O que estuviera peor.

–Está aquí –dijo Rich señalando hacia la puerta cerrada–. Voy a ver si ya ha llegado el resultado del TAC. Volveré en cuanto tenga nueva información.

–Gracias, Rich.

Noah respiró hondo y se preparó para lo que se podía encontrar. En el pasado había visto a Malinda en muy mal estado, pero a Callie siempre la había visto alegre y sonriente. Abrió la puerta, entró en la habitación y retiró la cortina que ocultaba la cama. Al verla, le flaquearon las piernas. Callie tenía todo el rostro vendado menos los ojos y la boca. El brazo lo llevaba en cabestrillo. Parecía muy frágil.

Se acercó a la cama y ella lo miró a los ojos.

–Vaya manera de escaquearte de la sesión de fotos –dijo él, tratando de bromear.

–Noah –susurró ella–. Lo siento de veras. Estaba de camino a la sesión de fotos cuando un camión apareció de repente… No recuerdo nada de lo que pasó después y, de pronto, me desperté aquí…

Comenzó a llorar y Noah sintió que se le encogía el corazón. Se preguntaba si ella habría visto su rostro, o si Rich le habría contado la gravedad de sus heridas.

Como médico, Noah deseaba ver los informes pero era consciente de que ella necesitaba que la consolaran y le dijeran que todo iba a salir bien. Porque él iba a cuidar de ella. Personalmente. Aunque tuviera que derivar a los pacientes de las semanas siguientes a un colega. Haría todo lo posible para cuidar de Callie.

Le agarró la mano y le dijo:

—Callie, no tienes que disculparte por nada.

—Siento haberte molestado pero no sabía a quién llamar aparte de mi vecina.

—No tengo nada mejor que hacer —le apretó la mano—. ¿Cómo puedo ayudarte?

Ella intentó negar con la cabeza y puso una mueca de dolor.

—Intenta relajarte —dijo él, acariciándole el dorso de la mano con el dedo pulgar—. No voy a irme a ningún sitio, Callie.

—Estaré bien —dijo ella con voz temblorosa y lágrimas en los ojos—. Sé que esta noche me tengo que quedar aquí pero, cuando me den el alta, le pediré a mi vecina que me lleve a casa. No tienes que quedarte.

—Me marcharé si eso es lo que quieres pero, cuando te den el alta, te llevaré a casa conmigo.

Callie retiró la mano y, al tratar de darse la vuelta, se quejó a causa del dolor.

—Tranquila, Callie. No seas cabezota. Vas a necesitar ayuda y, puesto que soy médico, creo que lo mejor es que te quedes conmigo.

Ella no contestó y Noah supo que no quería su ayuda. Una pena, porque no pensaba dejarla así, sin más.

–¿Quieres que intente localizar a tu vecina otra vez? –le preguntó–. Puedes darme su número.

–No –dijo Callie–. No necesito una niñera. Sé que necesito a alguien, pero… Cielos, Noah, no quiero estar aquí. No quiero necesitar ayuda.

Antes de que él pudiera contestar, Rich entró en la habitación y corrió la cortina.

–El resultado de la prueba es bueno pero voy a pedir que le preparen una habitación. Esta noche se quedará en observación. La trajeron inconsciente y me quedo más tranquilo si la monitorizamos unas horas. Mañana por la mañana podrá irse a casa. ¿Ha pensado en quién podrá ayudarla una vez allí?

–Me las arreglaré –dijo ella.

–Señorita Matthews, no puedo darle el alta sin estar seguro de que alguien cuidará de usted.

Noah miró a Rich y susurró:

–Yo cuidaré de ella.

Rich asintió y salió de la habitación sin decir nada más.

–No voy a quedarme contigo –dijo Callie–. En mi casa estaré bien.

–Entonces, me quedaré yo contigo –dijo él, tratando de no enfadarse.

–Sé que debería tener ayuda pero llamaré a mi vecina, o a ti, cuando sea necesario. Quiero estar sola.

–Es una lástima, Callie, porque voy a ayudarte quieras o no. Así que puedes decidir si quieres colaborar o ponérmelo difícil. El resultado final será el mismo.

Ella se volvió para mirarlo.

–¿El resultado final? ¿Y cuál es, Noah? ¿Que nunca podré rodar esa película? Que mi sueño ha terminado. Que no esperarán a que me cure, si es que me curo alguna vez. Nunca volveré a ser la misma.

Él no quería que consiguiera ese papel pero tampoco quería que le sucediera nada malo. Y si no hubiese insistido en que posara para su campaña, no estaría postrada en aquella cama.

Callie comenzó a llorar y a golpear la cama con el puño izquierdo.

–¿No te das cuenta, Noah? El resultado final es que me han arrebatado el sueño de mi vida y que todos mis esfuerzos ya no sirven para nada.

Noah le agarró la mano y entrelazó los dedos con los de ella.

–Lo solucionaré, Callie. No me importa lo que tenga que hacer pero volverás a ser como antes.

¿Cómo diablos se le había ocurrido hacer una promesa como esa?

No era un dios. Era un cirujano.

Las cicatrices eran permanentes a menos que se cubrieran con injertos. Lo más probable era que pudiera disimulárselas pero, ¿se quedaría contenta con que casi no se le notaran?

Y aunque era cierto que tendría menos oportunidades para conseguir un papel en el cine, él intentaría hacer todo lo posible por que se sintiera bella otra vez.

Pero en aquellos momentos, tenía que atender

otra obligación. Deseaba quedarse con ella pero tenía que ir a la residencia.

Dejó a Callie descansando y se marchó. Si no hubiera tenido que ir a ver a la enfermera del turno de tarde de la que tanto se quejaba Thelma, se habría quedado con Callie.

Por lo que él sabía, la enfermera del turno de tarde era una buena mujer. Thelma tenía *alzheimer* y seguía creyendo que él y su nieta iban a casarse. Noah nunca le había dicho lo contrario. ¿Para qué iba a disgustar a aquella mujer si no recordaría nada en la siguiente visita?

Mientras entraba en la residencia, sacó el teléfono móvil y llamó a Max. Por supuesto, su amigo no estaba disponible y saltó el buzón de voz.

–Hola, Max. No puedo quedar esta noche. Callie ha tenido un accidente grave y voy a quedarme con ella. Llámame cuando tengas un momento.

Se guardó el teléfono en el bolsillo y saludó a la mujer de pelo blanco que siempre estaba sentada junto a la puerta cuando iba a visitar a Thelma.

La habitación de Thelma se encontraba al final de un pasillo y tenía la puerta cerrada. Según Malinda, ella nunca había sido una mujer muy sociable y puesto que Noah no había conocido a Thelma antes de que enfermara solo podía regirse por la opinión de Malinda.

Noah intentó abrir y no se sorprendió de que estuviera cerrada con llave.

–Soy Noah, Thelma –gritó desde fuera.

Al cabo de un momento oyó que abrían la puerta.

–¿Cómo te encuentras hoy? –preguntó, entrando en la habitación.

–Un poco cansada –dijo ella, sentándose en la butaca que había delante del televisor–. Me has pillado a mitad del culebrón.

Noah se rio.

–No estaré mucho rato –le prometió, y se sentó en el borde de la cama–. ¿Has comido?

–Eso creo. No recuerdo el qué. ¿Un sándwich de jamón? No, no. Sopa de pollo, creo.

Noah asintió como siempre. Sabía que no lo recordaría nunca pero estaba haciendo tiempo para que llegara la enfermera.

–¿Dónde está Malinda? –preguntó Thelma con una sonrisa–. Quiero saber todos los detalles de la boda.

Aquel no era un tema fácil para conversar. No solo porque él todavía sentía el vacío que Malinda había dejado en su vida, sino porque odiaba mentir a aquella mujer, aunque no recordara la verdad. A pesar de que la enfermedad le había robado la memoria, Thelma sentía que había un vacío en su vida.

–Hoy no ha podido venir –dijo él.

–Esa chica trabaja demasiado –contestó Thelma–. Le dices de mi parte que su abuela quiere verla. Tengo algunas ideas para la boda que me gustaría hablar con ella.

Noah asintió y esbozó una sonrisa. Odiaba tener que hablar de una boda que nunca se celebraría con alguien que no recordaría la conversación cinco minutos más tarde. Pero la mirada de Thelma todavía reflejaba esperanza y no iba a ser él quien se la quitara.

—Enseguida vuelvo, Thelma —se acercó a la puerta y la abrió—. Voy a ir a buscar a una persona.

Thelma no contestó y continuó mirando el programa de televisión. Él avanzo por el pasillo en busca de la enfermera. Thelma tomaba pastillas a la hora del desayuno, en la comida y antes de acostarse, pero en los últimos tiempos se quejaba de que no recordaba haber visto a la enfermera al mediodía. Quizá fuera culpa de su mala memoria pero él debía asegurarse de que estaba recibiendo el mejor cuidado.

Noah vio a la enfermera y corrió para alcanzarla.

—Perdona, Lori.

Ella se volvió y sonrió.

—¿Sí, señor Foster?

—Me preguntaba si podía hablar contigo sobre Thelma.

La enfermera asintió y dijo:

—Por supuesto. ¿Ocurre algo?

—¿Se ha tomado la medicación hoy?

—Durante mi turno se ha tomado todo lo que tiene prescrito, ¿por qué?

—Por nada. Solo quería asegurarme —dijo con una sonrisa—. Se le olvida y me dice que no ha tomado nada.

Lori asintió y le dio una palmadita en el brazo.

—Le aseguro que está bien cuidada.

—Gracias. Me alegra oírlo.

—Ahora, si me perdona, tengo que ir a ver a otro residente.

Mientras se marchaba, Noah experimentó la misma sensación que cuando Melinda lo mentía acerca de dónde había estado. Quería creer a Lori, pero no era tonto. Mantendría el control de la medicación y aparecería por sorpresa durante la comida. Haría todo lo que pudiera por cuidar de la abuela de su difunta prometida. Él era lo único que ella tenía.

Regresó a la habitación de Thelma y, al cabo de un rato, miró el reloj. No quería estar mucho tiempo alejado de Callie y ya había decidido que por muy cabezota que ella fuera, permanecería a su lado durante la recuperación.

Ya había presenciado la muerte de una mujer y no permitiría que eso volviera a suceder. Aunque tuviera que reorganizar su vida.

Detrás de su sentimiento de culpa había una fuerte atracción contra la que no se podía enfrentar. Pero lo que más lo asustaba era no saber si realmente quería hacerlo.

Callie se acomodó en el coche de Noah inundada por una mezcla de emociones. Estaba dolorida a causa del accidente pero el dolor físico no era nada comparado con el dolor emocional que le producía el hecho de ver destruido su sueño de convertirse en actriz. No había conseguido trabajar como modelo para Noah y, por lo tanto, tampoco había conseguido el dinero para enviar a casa.

Tampoco podría actuar en la película de Anthony Price, que comenzaría a rodarse el mes siguiente. Tenía el rostro vendado pero había visto las heridas que cubrían las gasas. Y el papel de una bella mujer que pertenecía a la realeza no podía representarlo una momia egipcia.

–Sea lo que sea lo que estás pensando, cuéntamelo –Noah arrancó el coche y se alejó del apartamento de Callie, donde habían parado para recoger sus cosas–. Como médico sé que de cara a la recuperación es muy importante ser optimista. Has de centrarte en lo bueno, Callie.

Ella se volvió para mirar por la ventana.

–Conduce.

–Sabes que puedes hablar conmigo.

Callie contuvo las lágrimas. Aquel hombre era incansable. El día anterior había regresado al hospital y había pasado la noche con ella, como si no fuera capaz de cuidar de sí misma. Además, insistía en que le contara sus preocupaciones, como si fuera un psiquiatra. Y lo que ella deseaba era estar sola. No quería hablar de sus problemas. ¿Hablar de ellos serviría para que se le arreglara el rostro? ¿O para poder rodar la película que tanto le había costado conseguir?

Hablando, tampoco conseguiría los cincuenta mil dólares para ayudar a su familia.

Así que no iba a perder el tiempo desnudando su corazón. Temía no volver a ser la chica alegre que siempre había sido.

–¿Has llamado a tu familia? –preguntó él.

–No.

Era probable que siguieran con el teléfono desconectado, así que le mandaría un mensaje de texto a su hermano. A pesar de que estaba estudiando en la universidad, regresaba a casa algunos fines de semana.

Por otro lado, quizá no se lo escribiera nunca. ¿Para qué iba a contarles que había fracasado? Y se negaba a escribir a su hermana, con la que apenas hablaba. La mujer estaba demasiado ocupada en Texas, con su familia perfecta, como para que le pidieran ayuda.

Intentó secarse las lágrimas que le afloraban a los ojos levantando el brazo derecho.

—¡Ay!

—Despacio —Noah le dio una palmadita en la pierna—. Sé que estás acostumbrada a utilizar el brazo derecho pero intenta no moverlo. Cuanto más descanses, antes se te curará.

—El brazo es lo que menos me preocupa.

Noah condujo en silencio unos instantes.

—Todo mejorará, Callie. Sé que ahora no ves luz al final del túnel pero la verás. Tenemos que esperar un tiempo.

—¿Tenemos? —se mofó ella—. Estoy segura de que tu carrera continuará, Noah. Tienes todo lo que siempre has deseado.

Él apretó el volante con fuerza.

—Todos tenemos nuestro propio infierno. Yo he aprendido a vivir con el mío —hizo una pausa—. No pretendo discutir contigo —le dijo—. Estoy aquí para ayudarte y eso es exactamente lo que voy a hacer.

—No creo que quedarme contigo sea la solución —dijo ella.

—Si tienes una sugerencia mejor, soy todo oídos.

Ella suspiró y dijo:

—Odio ser una molestia.

—Callie, no eres nada de eso. Si no quisiera ayudarte no me habría ofrecido. Además, necesitas asistencia y yo soy médico. No te cobraré nada.

Callie nunca había imaginado que el día que Noah la invitara a su casa de Beverly Hills sería para jugar a médicos y pacientes en el sentido literal. De ese modo, no querría volver a salir con ella. ¿Cómo iba a encontrarla atractiva con un corte en la cara? Ni siquiera había hablado con Noah de la posibilidad de someterse a cirugía, pero dudaba que consiguiera tener el mismo aspecto de antes.

Llevaba trabajando con él el tiempo suficiente como para saber que las cicatrices no podían quitarse del todo. Ni siquiera con microdermoabrasión, o con injertos… Siempre le quedaría una marca.

Apoyó la cabeza en el asiento del vehículo y permaneció en silencio. No le apetecía hablar, ni tratar de ser optimista, tal y como él le había sugerido.

Un poco más tarde, Noah se detuvo frente a una verja y bajó la ventanilla para introducir el código de la puerta. Se dirigió hacia la casa de dos pisos que tenía un porche con columnas blancas y que estaba en medio de la parcela. Apretó el mando del garaje y aparcó el coche dentro.

—Te ayudaré a salir —le dijo.

Callie se lo permitió porque no tenía energía para discutir. Estaba deseando llegar a su habitación.

—Dormirás arriba conmigo —la guio mientras le

llevaba la maleta–. Quiero decir, en la habitación de al lado. Te mostraré cuál será tu dormitorio y después podrás hacer lo que quieras –dijo mientras subía por una escalera curva–. Si quieres puedo preparar la comida mientras sacas tus cosas.

–Noah –dijo ella, deteniéndose en lo alto de la escalera–. No tienes por qué hacer esto. Aparte de cambiarme los vendajes y de ayudarme con aquello que no pueda hacer a causa de mi clavícula rota, haz como si no estuviera aquí. No es necesario que me hagas la comida.

Él dejó la maleta y se acercó a ella. Le colocó la mano en el hombro bueno y la miró a los ojos. Una vez más, Callie sintió que se le encogía el estómago. La última vez que la había mirado de esa manera la había besado con deseo y de forma apasionada…

–Hacer como si no estuvieras aquí sería imposible –le dijo–. Sé que no te sientes cómoda, Callie, pero soy yo. Hemos trabajado juntos bastante tiempo y el otro día, en mi coche, dimos un paso más allá de la amistad. Por eso confiaba en que estuvieras cómoda aquí. Esto no tiene por qué ser tan difícil. Deja que cuide de ti, por favor.

Callie no podía seguir mirándolo a los ojos así que bajó la vista al cuello de su camiseta negra.

–¿Y ahora en qué estás pensando?

Callie se encogió de hombros con cuidado.

Él la sujetó por la barbilla para que lo mirara.

–Habla conmigo, Callie. No permitiré que pases por esto sola, aunque quieras hacerlo.

Ella pestañeó para contener las lágrimas.

–No sé cómo puedes mirarme de ese modo.

–¿Cómo?

–Como si te importara.

Él ladeó la cabeza y sonrió.

–Callie, si no me importaras no estarías aquí. Estás herida y es mi culpa.

–¿Qué quieres decir?

–Si no te hubiera pedido que posaras para mi campaña no habrías estado en esa carretera y no habrías tenido el accidente.

Ella no imaginaba que fuera posible sentir más dolor. Las palabras de Noah demostraban que ella estaba allí porque sentía lástima por ella. Y porque se sentía culpable. No por el hecho de que aquel día, en el coche, hubieran empezado algo.

Cerró los ojos un instante y dijo:

–Enséñame mi habitación. Estoy cansada.

Él la miró como si fuera a decirle algo más pero asintió y la guio por el pasillo. Callie deseó recuperarse pronto para poder irse a casa.

Durante mucho tiempo había sido una luchadora. Pero ya no tenía energía para luchar.

Deseaba tener algún objetivo para cuando estuviera recuperada, pero sabía que la posibilidad de que su sueño se convirtiera en realidad había desaparecido en el momento en que su vehículo chocó con el camión. Y recordaría ese terrible momento una y otra vez, hasta el día de su muerte. Estaba segura.

Se metió en la cama, suplicando para que al día siguiente viera las cosas de otra manera.

Capítulo Cuatro

Noah guardó las toallas en la habitación principal y miró la foto en la que aparecía con Malinda y que estaba sobre la repisa de la ventana. Era la única foto que no había guardado en la caja que tenía en la parte trasera del armario. El único recuerdo de los momentos felices de su vida.

Todavía tenía un armario lleno de ropa de la que Malinda compraba para su trabajo como asesora de imagen. Y por algún motivo no quería deshacerse de ella. No solo era el hecho de que Malinda hubiera muerto, sino también que él no hubiera sido capaz de hacer nada por evitar que terminara tomándose una sobredosis.

¿Y Callie pensaba que él no sabía lo que era sufrir? Vivía su propio infierno cada día. Estaba atrapado en aquella pesadilla y no era capaz de continuar hacia delante.

Noah suspiró al pensar en Callie. No había salido del dormitorio desde que habían llegado a la casa. Él le había ofrecido algo de comer y ella le había dicho que no tenía hambre, que solo quería descansar. Y de eso habían pasado cinco horas.

Tenía que tomarse la medicina así que no iba a tener más remedio que dejarlo entrar. También tendría que comer algo porque esa medicina no se podía tomar con el estómago vacío. Además, Noah decidió que le pondría más pomada en la cara, aunque en realidad no era más que una excusa para acercarse a ella.

Callie había perdido la autoestima y la alegría y él pretendía que las recuperara. Sabía que para eso necesitaría tiempo, pero no estaba dispuesto a ver cómo otra mujer destrozaba su vida a causa de la depresión o de la droga.

Como médico había jurado proteger y curar a otras personas. Como hombre, no podía quedarse sentado observando cómo Callie se fustigaba a sí misma, permitiendo que la rabia y la frustración se apoderaran de ella.

Noah guardaba la medicación de Callie en su habitación para que ella no pudiera administrársela. El riesgo de que se hiciera adicta era muy alto. Permitiría que se tomara los calmantes prescritos dos días más, pero después le administraría analgésicos más suaves. Tenía que retirarle los narcóticos.

La idea de que pudiera engancharse a ellos le aterrorizaba. Antes de que Callie tuviera el accidente él se había preguntado en qué se gastaba ella el dinero, incluso había pensado en la posibilidad de que consumiera droga. Sin embargo, tenía la sensación de que Callie era tal y como parecía que era. Quizá por eso la encontraba tan atractiva. Nunca intentaba aparentar lo que no era.

Sacó el antibiótico y el analgésico de un cajón y se dirigió a la habitación de Callie. Había cinco dormitorios libres en la casa y, sin embargo, había decidido acomodarla en la habitación de al lado.

Noah era consciente de que debía ignorar su deseo. No era que se sintiera menos atraído por ella después del accidente sino, simplemente, que no era el momento. Sin embargo, sabía que iba a resultarle muy difícil.

Mientras estuviera viviendo en su casa tendría que elegir entre ser hombre y posible amante, o médico y buen amigo.

Su sentido de la responsabilidad eligió por él.

Con los medicamentos en la mano, llamó a la puerta de la habitación de Callie.

Al oír que Noah llamaba a la puerta, Callie dejó de contemplar la sobrecogedora vista que había desde la ventana. Él había intentado convencerla para que saliera de la habitación, pero ella no estaba de humor. Además, aquella habitación era del tamaño de su apartamento y la vista de la piscina, con cascada incluida, era muy relajante.

–Estoy bien, Noah –dijo sin levantarse.

–Tengo que revisarte el vendaje y darte algo para el dolor.

Ella miró la ropa que llevaba, unas mallas negras y una camiseta de la que solo se había puesto una manga porque se negaba a pedirle a Noah que la ayudara a vestirse.

Se acercó a la puerta y abrió. Noah estaba apoyado en el cerco y llevaba una caja con gasas, esparadrapo, crema y pastillas. La miró de arriba abajo y le dijo:

–¿Por qué no me has dicho que necesitabas ayuda para vestirte?

–Porque no la necesitaba.

–No empieces con tus cabezonerías y a comportarte de manera ridícula.

Ella no contestó para no discutir. Miró lo que él llevaba en las manos y dijo:

–Me han dado el alta esta mañana. Seguro que no tienes que curarme todavía.

–Quiero asegurarme de que tienes suficiente antibiótico en la herida. Si se seca demasiado será más difícil reparar la cicatriz.

–No pensarás que esto es reparable, ¿verdad? Sé las probabilidades que tengo, Noah.

Noah dejó las cosas sobre la mesa con demasiado ímpetu y Callie se sobresaltó.

–Escúchame –dijo él, sujetándola por el hombro bueno–. Me estoy tomando todo esto con actitud positiva, y tú deberías hacer lo mismo. A menos que vea que la cicatriz es irreparable, actuaremos como si todo fuera bien. ¿Comprendido?

–Si tú quieres ser optimista, adelante –se dirigió hacia la ventana para sentarse otra vez–. Yo voy a intentar ser realista y a pensar en un plan B.

–¿Qué quieres decir con un plan B?

Callie apoyó lo pies sobre un cojín.

–No puedo actuar, ni trabajar como modelo para ti, ni en una consulta en la que se promueve la belleza y la perfección. La idea de regresar a Kansas es incluso más deprimente, así que tengo que pensar qué voy a hacer.

Noah se acercó y se sentó junto a ella.

–Puede que por ahora no puedas actuar ni trabajar como modelo pero ¿quién ha dicho que no puedes trabajar en mi consulta? Yo nunca he dicho tal cosa, y tampoco he insinuado que vaya a sustituirte. Callie, ¿de veras pensabas que te iba a pedir que te fueras porque has tenido un accidente? Estoy seguro que Marie estará encantada de sustituirte hasta que puedas reincorporarte. Además, como vamos a abrir la otra consulta habrá muchísimo trabajo.

Callie lo miró a los ojos.

–No me refería a cuando se me cure el brazo, Noah. ¿De veras quieres que tus clientes vean este rostro marcado nada más entrar por la puerta?

Noah le colocó un mechón de pelo detrás de la oreja y le acarició la mejilla.

–Lo que me gustaría que vieran mis clientes es a una mujer con una personalidad alegre que haga que se sientan bien tratados. Por eso te contraté.

–No me mientas.

–No estoy mintiendo, y no voy a permitir que te quedes en esta habitación hasta que estés completamente curada.

–Ese día no llegará nunca –murmuró ella.

Noah se puso en pie y la agarró de la mano.

–Ven conmigo.

Callie dudó un instante y se puso en pie. Él la guio hasta el baño y la dejó frente a la pared de espejo que había detrás del lavabo doble.

–Noah, no creo…

–Mira –ordenó él–. Date la vuelta y mira el lado que tienes bien.

Ella giró la cabeza y vio su piel suave e impecable.

–Ahora gira la cabeza hacia el otro lado.

Suspirando, obedeció y vio el vendaje que ocultaba su herida.

–¿Esto tiene algún sentido? –preguntó ella.

Noah la miró a los ojos.

–Eres la misma persona, Callie, por la izquierda o por la derecha. Aunque tengas un vendaje o una piel impecable. Lo que te pase en el exterior no cambia lo que eres en el interior.

Callie se rio por no llorar.

–¿Te estás oyendo? Te ganas la vida haciendo que la gente sea perfecta y ¿te atreves a hablarme de lo que tenemos en el interior?

Él la giró para que lo mirara y la sujetó contra el mueble. ¿Cuántas veces había soñado Callie con un momento así? ¿Cuántas fantasías había tenido desde que se besaron en el coche? Si ese día hubiese aprovechado lo que él estaba dispuesto a darle… Nunca tendría la posibilidad de disfrutar de un encuentro íntimo con Noah porque ya no era la mujer que solía ser. Así de sencillo.

–Te conozco, Callie –dijo él, mirándola fijamente–. Sé cómo eres. Y eres capaz de mucho más antes de abandonar.

–No estoy abandonando –se defendió ella–. Estoy tomándome un respiro. De las miles de veces que he pensado en cumplir mis sueños y en los obstáculos

51

que me encontraría por el camino, nunca se me pasó esto por la cabeza.

—Está bien, pero no permitas que esto te defina. No dejes que tus inseguridades tomen el control de tu vida y cambien tu camino.

—No tienes ni idea de cuáles son mis inseguridades, Noah. La persona que trabaja para ti no es la misma persona que yo solía ser.

—La persona que trabaja para mí es la verdadera tú —dijo él—. No me importa cómo fueras antes o quién crees que eres ahora. Sé que eres una luchadora, Callie. Y no te admiraría tanto si no lo fueras.

Callie comenzó a respirar de forma acelerada. Noah tenía el rostro muy cerca del de ella. Dos días antes ella habría aprovechado ese momento y lo habría besado, sin importarle cuál podía haber sido su respuesta porque habría estado segura de su participación.

Pero en esos momentos ni siquiera se lo planteaba porque, aparte de que estaba dolorida, no creía que Noah quisiera besar a una momia.

—Estoy de acuerdo en que esto supone un gran bache en tu carrera pero, cuando estés preparada para la cirugía, analizaremos las opciones para intentar hacerlo lo más rápido y eficientemente posible.

Callie negó con la cabeza.

—No tengo ese dinero, Noah. Las operaciones son muy caras. Trabajo haciendo las facturas, ¿recuerdas?

—Y yo soy mi propio jefe, ¿recuerdas? —preguntó él—. Hablaba en serio cuando dije que permanecería a tu lado, Callie. Me aseguraré de que te sometas a la mejor reconstrucción, y eso significa que te la haré yo. No me fiaré de ningún otro cirujano.

–¿Y yo tengo algo que decir en este asunto?

Él se encogió de hombros.

–¿Prefieres a otro médico?

–Por supuesto que no, pero no me avasalles –lo miró a los ojos y continuó–. ¿Por qué vas a operarme de forma gratuita? No podré devolverte el favor.

Noah le agarró la mano entre las suyas.

–No quiero que me devuelvas nada. Solo quiero verte feliz. Quiero que consigas el sueño que tanto mereces, y quiero asegurarme de que sepas que estoy a tu lado y que me importas lo suficiente como para cuidar de ti.

Callie sintió que los ojos se le llenaban de lágrimas. Nadie le había dicho algo parecido en toda su vida.

–No te merezco como amigo –susurró ella–. Voy a comportarme como una idiota durante todo este proceso. Estoy muy enfadada y no quiero que seas el blanco de toda mi rabia. Puedo ser mi mejor amiga, pero también mi peor enemiga.

–No me preocupa nada de eso –la besó en la frente–. Además, no pienso permitir que te castigues por algo que no ha sido culpa tuya.

Callie se inclinó hacia él.

–No dejo de recordar el accidente una y otra vez –admitió.

Él le acarició la espalda y le apoyó la barbilla en la frente.

–No tienes que pensar en ello, Callie. Estás a salvo.

–Es imposible no hacerlo –dijo ella, mirándolo a los ojos–. Mi vida ha cambiado en segundos. Había muchos coches implicados en el accidente. He oído que no hubo víctimas mortales, pero me siento como si una parte de mí hubiera muerto.

–No puedes hablar en serio –la sujetó por la barbilla y acercó el rostro al de ella–. Ni lo pienses.

Noah estaba muy enfadado. Ella había leído que la pasión y la rabia eran cosas muy parecidas y que podían pasar de una a otra en un abrir y cerrar de ojos. Pero sería idiota pensar que Noah podría aprovechar ese momento y convertirlo en algo sexual.

–Iré a por el material de curas –dijo él.

Salió de allí y Callie suspiró apoyada en el mueble del baño. Las seis semanas de recuperación iban a resultarle muy largas.

Callie se sentó en un taburete frente al espejo. Estaba deseando terminar con aquello. No solo había estado a punto de conseguir el sueño de actuar en una película, sino que también había conseguido que Noah Foster la viera como una mujer deseable. Sin embargo, en esos momentos, no quería ni saber qué pensaba él al mirarla.

–Lo siento –Noah regresó con el material y una camisa–. He ido a mi habitación para traerte esto.

–¿Una camisa?

–Es de botones –explicó él–. No puedes llevar el brazo debajo de la camiseta durante seis semanas. Así no tendrás que levantarlo por encima de la cabeza, bastará con que lo metas por la manga.

Eso sería más práctico pero cuando necesitara cambiarse...

–Puedo ayudarte –ofreció él.

–No –lo miró a los ojos–. Puedo hacerlo sola.

–Vas a comportarte como una cabezota ¿no? He visto a otras mujeres desnudas.

–A mí no.

Él la miró de arriba abajo.

–¿Crees que por el camino que íbamos hace unos días nunca te habría desnudado, Callie?

Ella se estremeció. Sabía muy bien dónde terminaba el camino que habían tomado.

–¿Crees que yo quería besarte de forma apasionada y nada más? –se acercó a ella un poco más–. No escojo a mis amantes por capricho.

–Noah...

Él levantó la mano, dio un paso atrás y negó con la cabeza.

–Lo siento. Eso ha estado fuera de lugar. Vamos a ver qué aspecto tiene la herida del rostro.

Se arrodilló sobre la alfombra y le retiró el esparadrapo de la cara para ver la herida.

–Lo siento, sé que es molesto.

Ella cerró los ojos para no ver la cara que él ponía al ver la herida. Se mordió el carrillo y esperó en silencio a que dijera algo. Al cabo de unos segundos, abrió los ojos y dijo sin mirarlo:

–Sé sincero. Podré soportarlo.

–Lo arreglaré –contestó él.

Callie lo miró de reojo.

–No es eso lo que te he preguntado. ¿Cómo está? Si fuera tu paciente, ¿qué me dirías?

–Eres mi paciente. Esto nos llevará algún tiempo. No puedo decírtelo con seguridad a causa de la inflamación, pero si los tejidos inferiores no están muy dañados tenemos muchas probabilidades de que la cicatriz sea muy pequeña. Haré todo lo posible para que sea así.

Callie lo miró a los ojos.

–No tienes por qué hacer esto, Noah.

–No confío en que te trate otro cirujano.

–No me refería a la cirugía. Me refería a cuidar de mí. Sé que necesito a alguien pero no quiero ser una carga para ti.

Noah puso una amplia sonrisa.

–Ya hemos hablado de esto. Soy médico, pero también tu amigo. Si no quisiera ayudarte no me habría ofrecido.

–Te has ofrecido por lástima –dijo ella.

–Me he ofrecido porque no quiero verte sufrir y porque quiero asegurarme de que recibes los cuidados adecuados –suspiró y se volvió para agarrar la crema–. Ahora, ¿vas a dejar que te ayude o vamos a tener que discutir sobre esto varias semanas?

Callie intentó sonreír pero le dolía demasiado la cara.

–Supongo que esta vez ganas tú.

–A estas alturas deberías saber que yo gano siempre –dijo él, sonriendo–. Como médico y como hombre.

Callie miró a otro lado. No podía permitir que la cautivara todavía más. No podía desear cosas que no conseguiría porque no creía que pudiera soportar más decepciones.

Lo primero era lo primero. Su vida amorosa tendría que esperar una vez más. Necesitaba recuperarse y ver qué sucedía después de la cirugía. Entonces, quizá, si todo salía bien, podría retomar lo que Noah y ella habían comenzado aquel día en el coche. Siempre y cuando él estuviera dispuesto. ¿Qué probabilidades había de que siguiera soltero semanas o meses?

De hecho, parecía que tenía una vida personal muy ocupada. Cada vez que ella intentaba sacar el tema, Marie siempre le decía que la vida amorosa de Noah era algo secreto. Pero Callie no podía imaginar por qué un cirujano plástico tan sexy quería ser tan reservado.

Después de cambiarle el vendaje a Callie, Noah guardó el material de curas. Ella se había tomado la medicina y le había pedido que la dejara a solas. Él la complació encantado.

Se encaminó al piso de abajo y al pasar por la habitación de Callie se sorprendió al oír el ruido del agua.

Llamó a la puerta pero no obtuvo respuesta. ¿No estaría tratando de darse un baño?, pensó Noah.

Abrió la puerta una pizca y la llamó.

–¿Callie? ¿Va todo bien?

Ella no contestó pero él pudo oír el borboteo del agua del jacuzzi que había en el baño.

«¡Maldita sea! ¿Cómo va a intentar bañarse con el brazo en cabestrillo? Y puede mojarse los puntos…».

Se acercó a la puerta abierta del baño y se quedó sin habla. Callie estaba de espaldas a él en ropa interior y trataba de quitarse la camiseta.

Cuando oyó que gritaba por el dolor, dio un paso adelante.

–Callie, para.

Ella se volvió enseguida.

–¿Qué haces aquí?

–He oído el ruido del agua y pensé que podías necesitar ayuda –trató de mirarla a los ojos y de no fijarse en sus piernas bronceadas ni en el triángulo de raso que le cubría la entrepierna–. ¿Qué diablos haces intentando darte un baño sola?

–Pensé que un buen baño me ayudaría a calmar el dolor.

Noah se inclinó y cerró los grifos para poder hablar sin gritar.

–Y te ayudará, pero no puedes hacerlo sola, ¿recuerdas? Ese es el motivo por el que necesitas que alguien cuide de ti.

–De ninguna manera voy a permitir que me ayudes a bañarme.

Noah casi se muere al imaginar la escena.

–Al menos deja que te ayude a quitarte la camiseta y la ropa interior.

Era médico. Había visto montones de mujeres desnudas y, sin embargo, ninguna de ellas le había alterado los sentimientos y las hormonas tanto como ella.

—No hagas que esto se convierta en una situación incómoda, Noah —se bajó la camiseta tratando de ocultar el vientre plano y el pendiente que llevaba en el ombligo—. Puedo darme un baño. Quizá me resulte difícil, pero no me excederé.

—No tienes por qué hacer nada que te resulte difícil. Para eso estás aquí —se acercó a ella y le agarró el borde de la camiseta.

—Noah, no puedo hacerlo —le temblaba el labio inferior y los ojos se le llenaron de lágrimas—. Estoy horrible. Tengo magulladuras por todo el cuerpo y estoy atrapada aquí hasta que pueda estar sola. Además, no puedo olvidar el beso que nos dimos y está haciendo que me resulte muy difícil estar aquí, contigo. Por favor, te lo suplico, permite que me quede con el poco orgullo que me queda.

Perplejo, él se quedó en silencio. Callie era muy sincera y la admiraba por ello.

—Puedes quedarte en la habitación. Cerraré la puerta del baño y si necesito algo, prometo que gritaré —dijo tratando de contener las lágrimas—. ¿Te parece bien?

Noah asintió.

—Estaré en la habitación, Callie. Ten cuidado para que no se te moje el vendaje, y no muevas el brazo demasiado. Puedes doblar el codo pero no levantes todo el brazo.

–Tendré cuidado –sonrió ella.

Tras dudar un instante, Noah salió de la habitación y cerró la puerta. Se apoyó en ella y cerró los ojos.

Callie era muy parecida a Malinda. Podía admitir que cuando la contrató su aspecto ayudó en la decisión. Después de todo, Malinda había fallecido hacía seis meses y esa era una manera más de no olvidarse de ella.

Pero a medida que fue pasando el tiempo, comenzó a ver las diferencias entre ambas. Callie se reía más, sonreía cuando hablaba y tenía la virtud de alegrar una habitación con tan solo estar en ella.

Oyó el sonido del agua y no pudo evitar que una imagen erótica de Callie le invadiera los pensamientos.

La imaginó con el cabello mojado sobre los hombros y la cabeza apoyada en la bañera mientras los chorros llenaban de burbujas la superficie.

Notó que el teléfono móvil le vibraba en el bolsillo y, al ver que era el señor de la agencia inmobiliaria, cortó la llamada. No estaba de humor para oír otra oferta insignificante, él no vendía esa casa porque quisiera deshacerse de ella. Malinda había elegido esa mansión en Beverly Hills cuando decidieron irse a vivir juntos. Noah tenía una casa en la otra punta de la ciudad pero decidió ponerla en alquiler en lugar de venderla. Todavía tenía la posibilidad de regresar a ella pero no era capaz de despegarse de los buenos recuerdos que tenía de su convivencia con Malinda en la mansión

–¿Noah?

Él se separó de la puerta y abrió los ojos.

–¿Sí?

–... me resulta muy difícil lavarme la cabeza con una sola mano.

Iba a tener que entrar en el baño y ella estaría desnuda, mojada y necesitando que la ayudara. Noah respiró hondo y trató de ignorar al hombre que era y que deseaba el cuerpo de Callie. Abrió la puerta y entró en la habitación.

Él la miró y vio que se había tapado con la toalla. La tenía sujeta bajo los brazos y flotaba cubriendo sus piernas.

Noah se arrodilló junto a la bañera.

–Incorpórate una pizca –le dijo.

Agarró el bote de champú y se puso un poco en la mano. Cuando comenzó a enjabonarle el cabello masajeándola con las manos, ella suspiró.

–Siempre es mucho más agradable cuando alguien te lava la cabeza. Yo podría estar todo el día masajeándome, pero no es lo mismo.

–Espera, iré a buscar algo para enjuagarte.

Se puso en pie y sacó del armario la jarra de plástico. Se agachó de nuevo, llenó la jarra y comenzó a enjuagarle el cabello. Le echó agua una y otra vez, observando cómo los mechones de pelo se pegaban a su espalda desnuda. Callie no dejó de suspirar de manera sexy durante todo el proceso.El hecho de que estuviera completamente desnuda, y a muy poca distancia de él era una tortura. Nunca había imaginado que el día que viera a Callie desnuda estaría lesionada y sintiéndose vulnerable. Y tampoco sola en aquella bañera.

–¿Noah? –lo miró por encima del hombro–. Ya debe de estar enjuagado, ¿no?

–Sí –contestó él, apretando la jarra con fuerza–. Ya está.

Se fijó en sus labios y notó que su cuerpo reaccionaba como si ella le hubiera acariciado la entrepierna con la mano. No pudo evitar sufrir una erección.

–Gracias –dijo ella, mirándolo a los ojos–. Ya puedo terminar yo, pero si me dieras una toalla…

Noah vio que le caía una gota de agua por la frente y se la secó con el pulgar. Luego no retiró la mano, le sujetó el rostro y le acarició la mejilla.

–Casi nunca me pasa que una mujer provoque que se me corte la respiración.

–Noah…

Él se inclinó hacia ella despacio, dándole tiempo para que lo detuviera.

–No puedo ignorar lo que me pasa –dijo él–. No puedo fingir que no me atraes, Callie. Y desde luego no puedo dejar pasar la oportunidad.

Ella separó los labios para recibirlo mientras él le introducía la lengua en la boca.

Después, gimió y Noah tuvo que contenerse para no sacarla de la bañera y tumbarla en cualquier sitio.

Callie se retiró y se cubrió la boca con la mano.

–Noah, no podemos hacer esto.

–Por supuesto que podemos, y lo hemos hecho.

–No, no podemos… No tienes por qué complicarte más y yo no puedo permitir que me distraigas con tus besos y tu encanto. Contigo me siento confundida y no puedo pensar cuando me tocas.

Noah no pudo evitar sonreír. Al menos no estaba llorando o enfadada por el accidente. Al parecer había encontrado la manera de distraerla. Pero ¿a qué precio? Se sentía más torturado que nunca. Pero haría lo posible por conseguir que ella volviera a sonreír.

—Me alegro de que haya conseguido que olvides tus problemas unos momentos —le dijo.

Callie se acomodó de nuevo en la bañera.

—¿Me has besado porque…?

—No —él levantó la mano—. El beso no ha tenido nada que ver con el accidente. Te he besado antes y pienso volver a besarte. Una cosa no tiene nada que ver con la otra. Me gusta besarte, Callie. Y si te sirve de algo, apenas puedo pensar cuando lo hago, así que la atracción sexual es mutua.

Ella cerró los ojos.

—No creo que esto sea bueno, Noah. No quiero que pienses que por el hecho de que tengamos que estar juntos haya que mantener una relación íntima.

Noah se puso en pie y señaló el bulto de su entrepierna.

—¿Crees que esto no me pasaba antes de que llegaras a casa? Te aseguro que en el trabajo he tenido que ir al baño, o a mi despacho, y recitar el discurso de Gettysburg para no pensar en ti.

Callie arqueó las cejas y dijo:

—No recitabas el discurso de Gettysburg… ¿Estás admitiendo que llevas deseándome un tiempo?

—Sí, así es.

Callie se recolocó la toalla.

—Bueno... No puedo pensar ahora, Noah. Me pillas en un momento difícil y estoy medicándome. ¿Es así como consigues llevarte a las mujeres a la cama? —bromeó.

Noah experimentó una presión en el pecho a causa del sentimiento de culpabilidad. Se volvió hacia el armario, sacó otra toalla y se sentó en el borde del jacuzzi.

—Vístete y vamos a cenar.

Y antes de que pudiera quedarse atrapado en el pasado, o en el presente, Noah salió del baño como si fuera un niño que tenía miedo del hombre del saco. Porque tenía que admitir que él era su propio hombre del saco. Nadie más era culpable de la muerte de Malinda.

Capítulo Cinco

Callie intentó ponerse el sujetador pero no lo consiguió. Sus senos hinchados se lo agradecieron y decidió que era una de las ventajas de estar lesionada.

Eso, y el baño que, en cierto modo, había compartido con Noah. El baño y el beso. Gracias al cual le ardía todo el cuerpo.

¿Pero qué diablos había sucedido después? Él se había puesto pálido antes de sacar la toalla y pedirle que se vistiera. Sabía que no se había ido lejos por si lo necesitaba, y podía oírlo hablando por teléfono en la otra habitación. De hecho, lo había oído gritar algo acerca del precio de venta establecido y de que no pensaba bajarlo. Al parecer estaba intentando vender su casa y no estaba teniendo mucha suerte.

Callie se puso con cuidado la camisa que Noah le había dado y un par de pantalones cortos.

Se miró en el espejo y vio que estaba pálida y que tenía el rostro hinchado. La camisa era de color azul y le quedaba enorme, y los pantalones que se había puesto eran de color rosa fuerte. Desde luego no iba a ganar ningún concurso de belleza.

Entró en su dormitorio. Noah estaba de pie junto a la ventana mirando hacia el jardín.

–¿Todo bien? –preguntó ella al ver que tenía los puños cerrados.

Él se volvió y, durante un instante, ella vio dolor en sus ojos grises. Enseguida, él sonrió para disimular su estado.

–Estupendo. ¿Necesitas ayuda con el cabestrillo?

–Sí, creo que no puedo abrochármelo sola.

Él se acercó y le retiró el pelo para abrocharle la cincha alrededor del cuello.

–Lo siento –dijo ella–. No he podido peinármelo ni recogérmelo. Me temo que voy a tenerlo hecho un desastre hasta que pueda utilizar el brazo.

Noah dio un paso atrás.

–Yo puedo peinarte, Callie. Incluso creo que podría recogerte el cabello, pero no te garantizo cómo te va a quedar.

Callie lo miró. Por algún motivo, la imagen de un hombre peinando el cabello de una mujer siempre le había resultado muy sexy. Noah y ella habían compartido un momento muy intenso en el baño, así que, el hecho de que la peinara no empeoraría las cosas. Creía que no podría desear a aquel hombre más de lo que ya lo deseaba.

–Si no te importa –se acercó a su bolsa y sacó un peine–. Usa esto. Mi pelo se enreda mucho.

Noah hizo un gesto para que se sentara en la cama y, después, se sentó detrás de ella. Callie notó el roce de sus rodillas contra las caderas y tuvo que esforzarse para no pensar que estaban en una cama, que no llevaba sujetador y que acababan de compartir un momento íntimo en el baño.

–Ayuda bastante si lo haces por partes –le dijo, tratando de separarle parte del pelo con la mano izquierda–. Si no, se enreda más.

–Creo que seré capaz. Solo dime si te hago daño.

No pensaba decírselo. No quería darle ningún motivo para que parara o se separara de ella. Noah comenzó a peinarla por partes, y con mucho cuidado.

Era como si la tuviera rodeada con todo el cuerpo. Sus muslos fuertes rozaban sus caderas cada vez que movía las manos para peinarla, y de vez en cuando le tocaba el cuello y las mejillas mientras desenredaba algún mechón.

–Te he oído por teléfono –dijo ella, tratando de rebajar la tensión sexual que había entre ambos–. No pretendía cotillear pero parecías disgustado. ¿Te gustaría hablar de ello?

Él se detuvo un instante antes de contestar.

–Hay algo que tengo que hacer y no estoy seguro de estar preparado.

–¿Estás vendiendo la casa? –preguntó ella, acariciando la colcha.

–Lo intento.

–¿Y tienes otro sitio donde te gustaría irte a vivir?

–Tengo otra casa al otro lado de la ciudad –comenzó a cepillarle el otro lado de la cabeza–. La tenía alquilada pero lleva vacía unos meses y estoy pensando en irme a vivir allí otra vez.

–¿Y por qué no la vendes y te quedas aquí, que es donde están todas tus cosas?

Noah se aclaró la garganta.

–¿Te sientes mejor después del baño?

–No cambies de tema –dijo ella–. Pareces disgustado y me gustaría ayudarte.

–Lo sé. Hay algunas cosas de las que no me gusta hablar con nadie.

Callie decidió no presionar y permaneció en silencio.

–¿Estás menos dolorida? –preguntó Noah otra vez.

–Todavía siento dolor, pero estoy mucho más relajada.

–Eso está bien –se puso en pie–. ¿Dónde tienes una goma para el pelo?

Ella señaló su maleta.

–Ahí. Están dentro de un neceser.

Él abrió la maleta y sonrió.

–¿Te gusta leer?

–Me encanta –dijo ella–. No hay nada mejor para olvidar los problemas que leer sobre los de los demás.

Noah se rio.

–Es una lástima que no sea posible en la vida real.

Ella deseaba preguntarle por qué pero decidió no indagar más.

–¿Cómo quieres que te recoja el cabello?

Callie lo miró y se rio.

–¿En serio? ¿Dices que no va a quedar bien y pretendes que te dé instrucciones? Me quedo contenta con que me hayas peinado.

Noah le recogió el pelo en una coleta y le puso la goma.

–Te haré lo más sencillo. A lo mejor, cuando pasen las semanas terminas llevando un moño francés.

–¿Sabes lo que es eso?

–No soy idiota –bromeó él–. Pero que conozca el nombre no significa que sepa hacerlos. A lo mejor empiezo a aprender sobre peinados, ya que no solo seré tu médico sino también tu estilista.

Callie se rio y se puso en pie.

–Sí, y si no te va bien como cirujano plástico, siempre puedes poner que tienes experiencia como estilista en tu currículum. Yo puedo dar tus referencias.

Él sonrió y a ella le dio un vuelco el corazón. No quería disfrutar de estar allí puesto que solo era algo temporal. Además, el motivo por el que estaba en aquella casa no era agradable.

–¿Tienes hambre? –preguntó él, posando la mirada en sus senos.

Estaba hambrienta, pero tenía la sensación de que él no se refería solo a la comida.

Se aclaró la garganta y dijo:

–Podría comer algo.

–Vamos a la cocina a ver qué encontramos.

Salir de aquella habitación era una idea excelente. Estaba claro que el accidente no le había afectado las hormonas, ya que funcionaban a la perfección.

Noah golpeó con fuerza el saco de boxeo e intentó ignorar el recuerdo de Callie al salir del baño, con la piel húmeda y el cabello mojado pegado a la camisa, provocando que la tela le resaltara los senos y los hiciera todavía más apetecibles...

Las semanas de convivencia iban a matarlo.

Por si antes no se había sentido suficientemente atraído por ella, estar bajo el mismo techo ponía a prueba su voluntad.

Callie llevaba poco tiempo en la casa y ya había dejado su huella. Su aroma a flores invadía cada habitación. Era la primera mujer que Noah había llevado a su casa desde la muerte de Malinda. Había salido con algunas mujeres, pero nunca las había llevado allí. Era la casa donde pensaba haber vivido con su esposa y llevar a otras mujeres no le parecía adecuado.

Pero la situación de Callie era diferente y se negaba a sentirse culpable por ayudar a una amiga, aunque fuera una amiga que le resultaba atractiva.

Con cada puñetazo solo conseguía olvidar brevemente que no conseguía vender la casa, que quizá Thelma no estaba bien atendida, y que su nueva compañera de piso era muy sexy e iba por la casa con su camisa, sin sujetador y un pantalón corto que resaltaba sus piernas bronceadas. Ni el vendaje, ni el cabestrillo hacían que resultara menos atractiva.

Sonó el teléfono y Noah se quitó los guantes de boxeo para contestar.

–Diga.

–Hola, ¿estás ocupado? Pareces agitado.

Noah se sentó en el banco de pesas y apoyó los codos sobre las rodillas.

–Estaba pegando al saco. ¿Qué pasa, Max?

–Llamo para preguntar por Callie. ¿Cómo está?

Noah suspiró

–Solo lleva aquí un día. Ayer estaba dolorida y hoy se ha levantado muy agarrotada.

–¿Y te has quedado en casa para jugar a los médicos? –bromeó Max–. Lo siento, ha sido un chiste fácil. En serio, ¿vas a quedarte con ella hoy?

–De hecho he cambiado las citas de toda la semana. Quería quedarme con ella unos días hasta ver cómo evoluciona.

–No puedes cuidar de ella todo el rato, Noah. Y tampoco puedes culparte por su estado.

–Puedo hacer lo que me dé la gana –contestó Noah–. No permitiré que sufra otra mujer si puedo prevenirlo.

Max suspiró.

–No voy a discutir contigo sobre esto. Te llamaba para ver si te apetecía quedar para hacer una barbacoa o algo. Me gustaría que conocieras a Abby.

–¿Abby? –Noah se rio–. ¿No estabas saliendo con otra?

–Saliendo no…

–Olvídalo –dijo Noah–. Trae a quien quieras, pero deja que te llame para confirmar cuándo. No quiero que Callie se sienta incómoda –Noah estaba seguro de que la amiga de Max llevaría implantes, silicona y bronceado artificial–. ¿Por qué no te acercas tú? Me encantaría conocer a tu nueva amiga, pero quizá cuando no esté Callie. Ahora se siente muy vulnerable.

–Lo comprendo. ¿Qué tal si voy mañana por la noche con algo de carne para hacer a la brasa?

–Se lo preguntaré a Callie, pero estoy seguro de que le parecerá bien.

–Mándame un mensaje de texto y confírmamelo.

–Lo haré.

Noah colgó el teléfono y agarró una toalla para secarse el sudor. Había estado golpeando al saco durante treinta minutos y antes había corrido en la cinta. Prefería salir a correr a la calle, pero no quería dejar a Callie sola por si necesitaba algo.

Daba igual lo que dijera Max, Noah sabía que Callie era su responsabilidad. Había tenido el accidente por culpa suya y, por tanto, él iba a ofrecerle los mejores cuidados. Era lo menos que podía hacer.

Fantasear con ella no lo ayudaría. Debía recordar lo que había sucedido la última vez que se enamoró de una mujer con brillo en la mirada.

No, actuaría de manera profesional. Era uno de los mejores cirujanos plásticos de Los Ángeles y debía controlar sus hormonas.

Acababa de ponerse en pie cuando Callie entró en la habitación.

–Me preguntaba si podría utilizar tu ordenador. Me he olvidado de traer mi portátil.

Él se fijó en que todavía llevaba su camisa, con la que había dormido, y en que los pantalones cortos apenas le cubrían las piernas esbeltas y bronceadas. Por miedo a tartamudear, simplemente asintió.

–¿Ocurre algo? –preguntó ella.

Sí, tenía que hacer un gran esfuerzo para no dejarse llevar y tratar de satisfacer sus deseos.

–Acabaré enseguida.

–No volveré a molestarte –dijo ella.

Se volvió y desapareció por el pasillo. «Estupendo», pensó. La había disgustado y había provocado que se sintiera peor. Callie había perdido el trabajo de sus sueños, su independencia y la forma de vida a la que estaba acostumbrada y él la había gruñido simplemente porque no podía controlar su erección.

¿De quién era la culpa?

Noah se puso los guantes de boxeo otra vez. No había terminado de descargarse con el saco. Mientras los demonios de su pasado continuaran persiguiéndolo y el presente no mejorara, tendría que continuar descargando la rabia y la frustración que sentía.

Callie encendió el ordenador que estaba en una esquina de la cocina. Quería buscar algún trabajo que pudiera hacer *online* hasta que se sintiera capaz de enfrentarse al mundo otra vez. Desde luego no podría volver a la consulta hasta que estuviera recuperada del todo y tampoco podría presentarse a un *casting*, a menos que fuera para una película de terror.

Sin embargo, no podía centrarse en lo que no podía hacer sino que debía centrarse en lo que sí podía hacer. Noah quería recuperar a la Callie de antes, así que iba a intentarlo.

Necesitaba hacer algo. Era la única manera de poder salir de aquella casa. Solo llevaba allí veinticuatro horas y ya estaba cansada de pasar de sentirse humillada a sentir un intenso deseo.

Después del baño, y de haber visto a Noah con el torso desnudo y cubierto de sudor, sabía que debía distanciarse de él.

Y si conseguía un trabajo desde casa, podría vivir sola. No era inválida, solo tendría problemas para bañarse y vestirse, y si trabajaba en casa no tendría que preocuparse de esas cosas.

Y si Noah insistía en que se quedara, Callie tendría que recompensarlo de algún modo. Además, no podía prescindir de sus ingresos. Tenía que pagar las facturas y enviar dinero a sus padres para que pudieran reanudar el contrato de la línea telefónica.

Aunque todavía tenía un poco de dinero creía que debía guardarlo, puesto que su futuro era incierto, pero no soportaba la idea de no contactar con su familia.

Minutos después había sacado dinero de su cuenta y lo había ingresado en la cuenta de sus padres. Después le envió un mensaje de texto a su hermano para que contactara con sus padres.

Callie hizo varias búsquedas confiando en que con el título de profesora podría encontrar algún trabajo.

Había ido a Los Ángeles con la esperanza de no tener que utilizar el título porque tenía miedo de caer en la rutina. Al menos, trabajando como recepcionista no le daría pena dejar el empleo cuando encontrara la oportunidad de su vida. Sin embargo, si trabajaba con niños les tomaría cariño y no querría dejarlos a mitad de curso.

–¿Qué haces? –le preguntó Noah.

Callie se sobresaltó y se volvió para mirarlo. No lo había oído llegar.

–Buscar un trabajo para hacer desde casa –dijo ella, obligándose a sostenerle la mirada.

–¿Para qué? –preguntó él, secándose la frente con una toalla–. ¿Es tu manera de entregar tu dimisión?

Callie se levantó y puso una mueca. Ese día estaba mucho más dolorida pero no creía que fuera buena idea darse otro baño con la ayuda de Noah.

–Suponía que no querrías a una momia como recepcionista –le dijo, sentándose de nuevo para aliviar su dolor–. Además, no estoy segura de que cuando me quiten el vendaje vaya a sentirme cómoda con mucha gente alrededor.

–¿Cuántos calmantes has tomado? –preguntó él.

–Suficientes como para sentirme mejor de lo que me siento –dijo ella–. Pero supongo que sería mucho peor si no me hubiese tomado las dos pastillas.

–¿Dos?

–Con una no se me quitaba el dolor así que me tomé otra antes de ir a buscarte. Espero que me haga efecto pronto.

–Las tenía en mi dormitorio.

–Lo sé. Estaban sobre tu cómoda así que me tomé una.

Había tenido que controlarse para no mirar hacia la cama de Noah e imaginar… Bueno, lo había hecho, pero solo unos minutos.

–No puedes tomar más medicación sin preguntármelo primero. Solo necesitabas una.

–No es a ti a quien le duele –contestó ella–. La que sufre soy yo y necesitaba otra pastilla. Tú no eres mi madre.

–No, soy tu médico y tiraré esas pastillas la próxima vez que hagas algo así.

Callie nunca lo había visto enfadado. Frustrado, nervioso y molesto, sí, pero nunca enfadado, y menos con ella.

–Está bien. Tranquilo. Esperaba que cuando me hiciera efecto pudiera descansar. Anoche no dormí muy bien.

–¿Y por qué no viniste a buscarme?

Callie se rio y se acomodó en la silla.

–¿Para qué? Que yo no pudiera dormir no significa que tú tampoco. No podías haber hecho nada.

–No habrías estado sola.

Lo habría estado. Porque daba igual lo que él hubiera dicho o hecho ya que todo habría sido producto de su sentimiento de culpa.

–Estaba bien. Cansada, pero bien.

Noah la miró unos instantes.

–No vas a marcharte de la consulta ¿verdad?

Callie asintió.

–Creo que debería. No es justo para ti que no trabaje hasta que esté curada, y yo no puedo permitirme dejar de ingresar.

–Puedo ayudarte económicamente hasta que regreses al trabajo, Callie. No quiero perderte.

–Estoy segura de que Marie ocupará mi puesto hasta que encuentres a alguien –dijo ella.

Noah frunció el ceño.

—Tengo que llamarla de todas maneras porque me dejó un mensaje preguntándome cómo estabas.

Callie negó con la cabeza.

—Habla con ella Noah, pero yo no voy a regresar.

—Te necesito, Callie.

Ella se levantó y le rozó el abdomen con el codo.

—¿Me necesitas? —se mofó ella—. Deja que te diga lo que yo necesito. Tengo que retroceder en el tiempo para no tener que vivir esta nueva vida y recuperar mi independencia. Tus necesidades me resultan irrelevantes.

Noah la miró a los ojos y Callie se preguntó si no se habría excedido al gritarle, no solo porque era su jefe, sino también porque era el hombre que había dejado su vida de lado para ayudarla a recuperarse.

Ella cerró los ojos y suspiró.

—Lo siento. Decir eso ha sido algo cruel y egoísta por mi parte.

Noah le acarició la mejilla.

—Está bien. Tienes derecho a estar enfadada, a odiarme, a detestar esta situación y tu vida. Soy duro, Callie. Puedo soportarlo.

—Pero no deberías hacerlo. Es que cuando pienso en mi futuro a largo plazo me quedo muy frustrada porque ahora ni siquiera soy capaz de vestirme.

Él le acarició la mejilla otra vez, posó la mirada en sus labios y volvió a mirarla a los ojos.

—No me importa, Callie. Sé que perder la independencia es algo terrible, pero no hay nada que me moleste en el hecho de tener que ayudarte. Lo que me molesta es lo dura que eres contigo misma.

–Me gustaría ser como era –le dijo–. Pero puede que eso no suceda nunca.

Él la rodeó por la cintura y la atrajo hacia sí.

–Sucederá si yo tengo algo que decir en todo esto.

La besó de manera apasionada pero con ternura. Callie se quedó paralizada un instante pero enseguida le acarició los brazos desnudos. Al sentir el aroma que desprendía su cuerpo musculoso después de entrenar, gimió mientras él la besaba.

Antes de retirarse, Noah le mordisqueó el labio inferior y después apoyó la frente en la suya.

–No voy a disculparme por esto, Callie. Hay veces que cuando estoy a tu lado no puedo controlarme. Sé que estás aquí para curarte y no para que te traten con dureza, pero me afectas demasiado.

–Tú a mí también –admitió ella.

Aquel hombre podía tener a cualquier mujer que quisiera y estaba en la cocina, vestido únicamente con pantalones de correr y besando a una mujer destrozada. Aquello no tenía ningún sentido.

–No puedo evitar pensar que tú también te estás recuperando de algo –lo miró a los ojos–. Puede que me equivoque pero, a veces, la mirada de tus ojos indica que estás dolido. Lo he percibido cuando hablamos de la casa y cuando crees que no te estoy mirando.

Noah cerró los ojos un instante antes de suspirar.

–Voy a darme una ducha. Piensa en lo que te he dicho y no empieces a buscar otro trabajo todavía.

Callie asintió, incapaz de pensar con claridad después del beso que le había dado y de la manera de mirarla mientras ella exponía su teoría. Algo que demostraba que no iba desencaminada.

Alguien o algo lo tenía atrapado. Era como si se torturara a causa de su pasado y a Callie le daba la sensación de que libraba una batalla consigo mismo. Tan pronto la besaba como si no pudiera vivir sin ella y, al instante, su mirada transmitía duda y sufrimiento.

—Ah, casi se me olvida. Max llamó para saber si podía venir mañana y hacer una barbacoa. Le dije que lo consultaría contigo.

Callie ladeó la cabeza.

—No tienes que consultarme nada, Noah. Esta es tu casa.

—No quería que estuvieras incómoda.

Cada conversación que mantenía con aquel hombre le derretía un poco más el corazón. Su manera de darle prioridad a todo lo que ella pudiera necesitar hacía que se preguntara cómo sería si la relación que mantuvieran fuera más allá de la amistad.

—Estaré bien —le aseguró ella—. Y será agradable tener algún plan.

—Se lo diré —la besó en la frente—. Ahora voy a darme esa ducha.

Cuando Noah se marchó, ella recordó todo lo que él le había dicho. En más de una ocasión había admitido que ella le importaba. Además, habían compartido algunos besos y varias miradas intensas. ¿Pero qué significaba todo eso? ¿Hasta dónde quería llegar Noah?

Callie no estaba segura pero sabía que necesitaba estar alerta. No podía concentrarse en recuperarse si no dejaba de pensar en el significado de aquellos besos y en lo que él sentía por ella.

Deseaba que él se abriera y le contara lo que le había sucedido en el pasado, aunque no fuera asunto suyo. Y era probable que no quisiera contárselo porque ambos sabían que, en un futuro, ella no iba a formar parte de su vida.

Capítulo Seis

Noah colgó el teléfono y lo guardó en el bolsillo. Aquella noche iba a ser tranquila. Callie y él habían comido en el patio mientras conversaban. Él se había asegurado de que el tema no estuviera relacionado con nada sexual porque se había propuesto comportarse como un profesional.

Aunque el beso que habían compartido en la cocina no había sido digno de un profesional. Había deseado que no terminara nunca y no le habían importado las consecuencias. Al recordar a Callie vestida con su camisa, se le formó un nudo en la garganta. El aroma de Callie quedaría impregnado en la prenda.

Estaba hecho un lío. En un principio se había dicho que se distanciaría emocionalmente de ella y que solo sería su amigo o su médico. Pero cuanto más tiempo pasaba con ella, más deseaba estar a su lado.

Callie lo había pillado desprevenido al mencionarle que se había dado cuenta de que él estaba sufriendo por algo. Había dado en el clavo y eso le había hecho sentir incómodo. ¿Era tan transparente? Había pasado un año desde la muerte de Malinda y creía que ya era capaz de controlar sus emociones.

Sí, Callie le había recordado a Malinda y, aun así, él había pensado que podría mantener una aventura con ella. Sin compromiso. Sin embargo, después se había dado cuenta de que no era así. No quería que el pasado y el presente se enfrentaran. Y hacía todo lo que podía para evitar acostarse con Callie. Implicarse emocionalmente con otra mujer vulnerable no era buena idea, y menos cuando era alguien que le resultaba tan atractiva como Callie. Podría mantener una relación sexual con ella, pero tenía la sensación de que Callie quería algo más, sobre todo después de haber convivido con ella unos días.

Noah se frotó la nuca y entró en la casa. Callie ya había entrado, y él había vuelto a salir cuando lo llamó el agente de la inmobiliaria. Había un posible comprador interesado en ver la casa al día siguiente y Noah había acordado una hora con él. Tendría que sacar a Callie de casa y convencerla para que hicieran un picnic en el parque. Sabía que no le gustaría la idea de salir a un lugar público tan pronto pero no quedaba otra elección.

Noah la encontró en el salón, tratando de utilizar el mando a distancia con la mano izquierda.

–Deja que lo haga yo –le dijo él–. ¿Qué te apetece ver?

–No me importa. Buscaba una buena película pero tienes como dos mil canales y no estaba segura dónde buscar.

Noah se rio y se sentó a su lado.

–Dime una película y te la pondré.

Ella frunció la nariz, pensativa.

–¿Qué tal *Blackhawk Down?*

Noah sonrió sorprendido.

–¿De veras? ¿Y por qué esa? Pensé que elegirías una comedia romántica.

Ella negó con la cabeza.

–De pequeña siempre estaba con mi padre y veía todo lo que él veía. A él le gustaban las películas de guerra o del oeste, así que es lo que me gusta a mí. Además, después de ver muchas películas y decidir que eso es lo que a mí me gustaría hacer, aprecio más los efectos especiales.

Le colocó la mano en la pierna a Callie.

–Lo siento –le dijo.

–No pasa nada –contestó ella–. Vamos avanzando. Concentrémonos en el presente, ¿quieres?

Él le apretó la pierna y comenzó a buscar la película antes de que su mano tomara vida propia y comenzara a acariciarla.

–Sí, claro, aprieta tres botones y hace que parezca muy sencillo –bromeó ella al ver que la película aparecía en la pantalla–. Yo he estado quince minutos y no he conseguido nada.

–Es mi televisor –sonrió él–. Sé muy bien cómo funciona.

Mientras empezaba la película, él puso los pies encima de la mesa de café.

–Así que de pequeña te gustaban las películas de guerra y las del oeste. Cuéntame qué más te gustaba.

Callie se acomodó contra el brazo del sofá. Noah se inclinó y metió la mano bajo sus muslos para levantarle las piernas y colocárselas en el regazo.

–Bueno, no era muy popular en la escuela así que pasaba mucho tiempo en casa.

–¿No eras popular? ¿Cómo es posible? Eres muy extrovertida, por no decir despampanante.

Noah puso una mueca al mismo tiempo que ella y supo que no había elegido bien las palabras.

–Maldita sea, Callie. No hago más que meter la pata –la miró a los ojos–. Aunque hayas tenido este contratiempo a mí me sigues pareciendo guapa.

Ella sonrió y apoyó la cabeza en el cojín.

–Está bien. No es culpa tuya. Es lo que hay.

–La semana que viene pensaba llevarte a la consulta, si no te importa.

–¿Para qué?

–Para hacerte una microdermoabrasión. Se te van a caer los puntos y me gustaría empezar a retirar parte de la piel muerta poco a poco. Quiero que el proceso sea lento para asegurarme los mejores resultados.

–Eso sería estupendo, Noah. Cuanto antes vea a qué tengo que enfrentarme, mejor.

Contento con su respuesta, Noah apoyó el brazo en sus piernas y se acomodó en el sofá.

–¿Y qué hacías en casa tanto tiempo?

–Mi padre compró una mesa de billar en un rastrillo y la restauró. Nos encantaba. Todas las noches mi hermano y yo nos echábamos una partida. Yo ganaba casi siempre.

–Me lo creo. Eres una luchadora.

–Tienes razón. A veces se me olvida –sonrió mirándolo a los ojos.

–Tienes derecho, pero asegúrate de no olvidarlo para siempre.

–No lo haré.

Cuando comenzó la película ella se volvió para mirar la pantalla. Él la observó un momento y le metió la mano bajo los pies. Comenzó a masajearle uno de ellos, centrándose en el arco, en el talón y en cada uno de los dedos.

Ella suspiró y él sonrió antes de empezar con el otro pie. Mientras ella veía la película, Noah continuó masajeándola para que se relajara y se encontrara a gusto.

A mitad de película, Noah la miró y vio que se había quedado dormida. Con el brazo en cabestrillo sobre el vientre y el otro detrás de la cabeza, parecía muy joven e inocente. Tenía ojeras y Noah era consciente de que no había dormido bien. Estaba preocupada por el futuro de su carrera y él sabía que tenía motivos para ello.

Tal y como le había dicho, él se aseguraría de que recibiera el mejor tratamiento para su recuperación y permanecería a su lado en todo momento.

Le acarició el tobillo y la pantorrilla y percibió la suavidad de su piel. Al instante, el miembro se le puso erecto.

Callie pestañeó y Noah la observó mientras se despertaba y lo miraba.

Había oscurecido hacía tiempo y la única luz que había en la habitación era la de la pantalla que estaba colgada en la pared.

Noah se giró y le acarició la mano. Despacio, se

giró, colocó una rodilla en el sofá, y se inclinó hacia Callie. Esperó a ver si ella trataba de incorporarse pero, al ver que se humedecía los labios, supo que era lo que deseaba.

Comenzó a desabrocharle los botones de la camisa, uno a uno, hasta llegar al lugar donde apoyaba el brazo con el cabestrillo. Se fijó en su vientre plano y bronceado y en el pequeño pendiente de color azul que llevaba en el ombligo.

La agarró por la cintura y se agachó para besarla en el vientre y juguetear con la lengua sobre el pendiente. Tenía la piel tan suave que no pudo evitar deslizarse un poco más abajo. Una vez más, la miró y vio que ella lo miraba con el rostro sonrosado y respirando de manera acelerada. ¿Cómo no iba a continuar? Quizá se arrepintiera más adelante, pero ya se había arrepentido otras veces. Y en esos momentos, deseaba devorar a Callie tal y como llevaba fantaseando durante meses. No era nada más que algo puramente físico. Y no permitiría que fuera algo más.

Metió los dedos bajo la cinturilla de los pantalones y se los quitó. Al ver que llevaba ropa interior de algodón rosa se excitó más que si hubiera llevado un picardías rojo. Era una mujer sencilla, real y, por el momento, era suya.

Le introdujo un dedo bajo el elástico de las bragas y lo deslizó entre sus piernas para comprobar que estaba húmeda. Para él.

Separó la tela a un lado y metió un dedo en el interior de su cuerpo. Ella arqueó el cuerpo y apoyó los talones con fuerza en el sofá. Noah continuó moviendo el dedo despacio, de dentro a fuera, hasta que ella se agarró al sofá con la mano buena y empezó a mover las caderas de manera rítmica.

Perfecto. Tal y como él la deseaba.

Inclinó la cabeza y la acarició con la lengua. Ella gimió. Él le separó las piernas un poco más y continuó devorándola con la boca.

Sus gemidos, su respiración acelerada y el movimiento de sus caderas provocaron que él se esforzara en darle más placer.

Y no tuvo que esperar mucho. Callie arqueó el cuerpo, se detuvo un instante, y gimió con fuerza. Noah permaneció quieto en el sitio hasta que ella dejó de temblar.

–Ha sido lo más erótico que he visto nunca –susurró él, mientras le recolocaba la ropa interior.

Ella lo miró y se sonrojó.

–Um… Ver una película no es lo que solía ser –bromeó.

Él apoyó el brazo en el respaldo del sofá y acercó el rostro al de ella.

–No tienes por qué sentirte avergonzada o incómoda.

Ella se fijó en el bulto que él tenía en la entrepierna.

–Hablando de estar incómodos…

Noah sonrió.

–Sí, lo es, pero esta vez ha sido toda para ti. Llevaba tiempo deseando hacerlo.

Callie trató de incorporarse y Noah la ayudó para que no se hiciera daño.

—No puedes quedarte así —dijo ella, señalando lo evidente—. Yo quiero…

Él le cubrió los labios con el dedo.

—Sé lo que quieres, y te aseguro que yo también. Pero no es el momento.

Callie asintió mirando al suelo.

—Eh —dijo él, sujetándola por la barbilla para que lo mirara—. Esto no tiene nada que ver con tu físico. Simplemente creo que ya tienes bastante con lo que tienes. Y no pensaba seducirte en mi casa.

—Está bien, Noah. Tienes razón. No es buen momento y es evidente que hay algo en tu pasado que todavía no has superado.

Él retiró la mano y se separó de ella.

—No sabes nada acerca de mi pasado, Callie, así que será mejor que no vuelvas a sacar el tema.

Ella suspiró y se apoyó en el brazo del sofá.

—Solo era un comentario. Nada más.

Noah blasfemó y se puso en pie, pasándose la mano por el cabello.

—No, lo siento. Hay ciertos temas de los que no puedo hablar con nadie, y mi pasado es uno de ellos. Todavía estoy tratando de superar algunas cosas pero no es asunto tuyo y aquí no tienen cabida —la miró un instante y continuó—: Mañana va a venir una persona a ver la casa y me gustaría llevarte a…

—Noah —empezó a decir ella, pero se calló al ver que él levantaba la mano.

—Sé que no te apetece pero había pensado en hacer un picnic en el parque, en un lugar donde no haya gente. O podemos ir a visitar a mi amigo Max.

–¿El actor de cine? –se rio ella–. Sí, como si quisiera tenerme en su casa.

–De hecho, ha llamado para preguntar cómo estabas –le dijo Noah, volviéndose hacia ella con las manos en las caderas–. Es uno de mis mejores amigos y si no te apetece hacer el picnic podemos pasar unas horas en su casa. A él no le importará.

–Por supuesto –Callie trató de abrocharse la camisa con una mano–. Esta es tu casa y has detenido tu vida por mí. Yo me estoy comportando como una idiota al ponerte pegas sobre dónde ir. También podemos ir a mi casa si quieres. Podría recoger más cosas, el correo, y mirar los mensajes.

Noah asintió, se sentó en el borde del sofá y le retiró la mano para abrocharle los botones.

¿Cómo no se le había ocurrido ir a casa de Callie? Quizá porque era una de las parcelas de Callie donde le daba miedo entrar. Si iban a casa de ella, él estaría fuera de su territorio y…

–Me parece bien –admitió él–. Podemos comprar algo de comida y comer en tu apartamento. El hombre de la inmobiliaria vendrá al mediodía, así que, creo que deberíamos marcharnos sobre las once y media.

–Estaré preparada –contestó ella–. Y… ¿Estás seguro de que estás bien?

Él ladeó la cabeza y, al ver que ella posaba la mirada sobre su entrepierna, se rio.

–Estoy bien –le aseguró–. Te prometo que no es la primera erección y que tampoco será la última relacionada contigo.

***

Noah detuvo el vehículo frente al edificio del apartamento de Callie y se bajó para ayudarla a salir.

–La llave está en el bolsillo lateral de mi bolso –le dijo.

Noah abrió la puerta y dejó pasar a Callie.

–Mientras recoges tus cosas sacaré la comida del coche y te esperaré en la cocina.

Callie asintió y se dirigió a su dormitorio. Recogió más ropa interior, para no tener que pedirle a Noah que se la lavara, algunos pantalones cortos y las pocas blusas de botones que tenía. Metió todo en una bolsa y se la colgó del hombro bueno. Dejó de la bolsa junto a la puerta de la cocina y vio que Noah estaba en la mesa abriendo los envases de comida china.

–Huele muy bien –le dijo–. Llevo tiempo queriendo comer cerdo *moo shu*.

Él sonrió y la miró.

–Hace dos semanas comimos en la consulta.

Callie se encogió de hombros.

–Entonces, llevo dos semanas queriendo comer ese plato. Podría comerlo todos los días.

–¿Qué te apetece beber?

–Puedo sacarlo yo, Noah. Estoy en mi apartamento.

–No, siéntate. Yo puedo servir las bebidas.

Ella suspiró.

–Tampoco vas a dejar que gane esta pequeña discusión ¿verdad?

Él sonrió y la miró, consciente de que con su encanto podía ganar cualquier batalla.

–Estupendo. Tomaré agua con hielo. Supongo que no habrá mucho más. Pensaba ir al supermercado después de la sesión de fotos.

La sesión de fotos. Al menos ya era capaz de hablar de ello sin romper a llorar.

–No pasa nada. Yo también beberé agua –regresó a la mesa con dos botellas de agua y abrió una para ella–. Empieza a comer.

–No hará falta que me lo digas dos veces.

Comieron en silencio pero, al cabo de un rato, ella decidió tratar de saciar su curiosidad.

–¿Por qué vendes la casa si en realidad no quieres hacerlo? –le preguntó.

Él dejó el tenedor en el plato y dijo:

–¿Qué te hace pensar que no la quiero vender?

–Porque vi la cara que pusiste cuando me dijiste que la casa estaba en venta.

Noah suspiró y se acomodó en el asiento.

–Por un lado necesito venderla pero, por otro, me da miedo.

–¿Y por qué tienes tanta prisa? –preguntó ella–. Espera a que se te pase el miedo.

–Tengo la sensación de que ese miedo no se me pasará nunca. Y es algo que tengo que hacer.

–¿Tiene algo que ver con ese pasado del que no quieres hablar?

–Déjalo, Callie –Noah agarró de nuevo el tenedor–. Estás moviéndote en terreno peligroso de forma intencionada.

Ella se cruzó de piernas.

–¿O sea que tú puedes husmear en mi vida y hacer que me enfrente a mis miedos pero yo no puedo hacer lo mismo contigo?

–No compartimos los mismos miedos –dijo él–. Ni siquiera parecidos.

–¿De veras? ¿Y por qué no intentas comprobarlo?

–No quiero –dijo él, con las manos en las caderas–. No es un asunto a debatir.

–No me parece justo que tú puedas meterte en mi vida y en mi espacio personal y que me digas que no quieres hablar de esa parte de ti –deseaba gritar pero trató de permanecer calmada–. Creía que estábamos avanzando hacia algo, Noah.

–Sentimos una fuerte atracción sexual, Callie. No busco nada más y, sinceramente, tampoco buscaba tal cosa.

–Está bien, no hace falta que seas tan sincero –dijo ella, tratando de no mostrar que estaba dolida–. Solo intentaba ayudarte. Igual que me ayudas tú a mí.

–Yo te ayudo como médico.

–¿De veras? –se puso en pie–. Entonces, lo que sucedió ayer en tu sofá ¿qué fue? ¿Jugabas a los médicos?

–No conviertas esto en algo que no es.

–¿Y qué es? Ni siquiera sé qué está pasando porque tú eres hermético.

–Tengo que ser hermético –contestó él–. No sabes lo que he sufrido, ni lo que sigo sufriendo.

–No, porque no me dejas. Siempre coqueteas, y

siempre intentas hacerme feliz pero tú eres un desdichado, Noah. Me doy cuenta ahora que he pasado más tiempo contigo.

–¿Crees que me conoces porque has trabajado para mí algunos meses y has pasado algunas noches en mi casa? ¿Y porque hemos compartido alguna velada íntima? Callie, hay muchas cosas de mí que no conoces.

–Pues cuéntamelas para que pueda ayudarte –le suplicó ella–. Guardarte la rabia y el dolor no puede ser sano.

–Puede que no pero hablar de ello también hace que sea…

–¿Qué? ¿Real?

Noah cerró los ojos y suspiró.

–Solo deseo que se vaya.

–Sí, sé lo que sientes. Por favor, Noah, cuéntamelo.

–¿De veras quieres saberlo? –él abrió los ojos y ella vio que estaba conteniéndose para no llorar–. Ahora no puedo, Callie. Créeme, no quieres vivir el infierno que yo vivo.

–Tampoco quiero vivir el mío, y lo estoy viviendo.

En ese momento, le sonó el teléfono móvil a Callie y ella cruzó la habitación para buscarlo en el bolso. Miró la pantalla y suspiró.

–Hola, Amy –saludó a su agente.

–Solo llamaba para saber cómo estás. ¿Qué tal te encuentras?

Se volvió y se acercó a la ventana. Su apartamento no era muy grande pero alejándose de Noah dejaría claro que no le apetecía que escuchara la conversación.

—Mejorando cada día —contestó Callie, tratando de parecer optimista.

—Quería decirte que han hecho otro *casting* para el papel de la película de Anthony Dane —Amy hizo una pausa y bajó el tono de voz—. Lo siento, Callie. No quería que fuera así, pero no podíamos hacer otra cosa. Empiezan el rodaje el mes que viene.

Callie tragó saliva y se mordió los labios para no llorar.

—No pasa nada. Bueno, sí, pero no hay nada que pueda hacer.

—Estoy aquí —dijo Amy—. Por mucho que tardes en recuperarte, seguiré aquí, Callie. Tengo confianza en ti.

—Gracias —pestañeó para contener las lágrimas—. Escucha, tengo que irme. Hablaremos más tarde.

Callie colgó el teléfono antes de que sus emociones se desbordaran. Odiaba llorar por teléfono. Se cubrió el rostro con la mano izquierda y trató de contenerse. Todo fue en vano porque nada más notar que Noah la agarraba por el hombro, se derrumbó contra su torso.

Él no dijo nada, simplemente la volvió para que apoyara la frente en su pecho. Le acarició la espalda y apoyó la barbilla en su cabeza. Callie sabía que si lo miraba vería lástima en sus ojos y era lo último que deseaba.

—Si Anthony Price te eligió una vez volverá a fijarse en ti.

Ella negó con la cabeza.

–Él quería a la otra Callie. No creo que me quiera llena de cicatrices.

Noah asintió.

–Es cierto. Pero también sé que eres una luchadora y que yo soy muy buen cirujano. Juntos impediremos que desaparezca tu sueño.

–Todavía no comprendo por qué estás tan empeñado en ayudarme. He trabajado para ti y hemos compartido algunos momentos pero has detenido tu vida por mí. ¿Por qué?

Él le acarició la mejilla.

–Porque no puedo ver cómo sufre alguien que me importa y quedarme sin hacer nada. No podría vivir tranquilo si no intentara que tu vida fuera mejor.

–¿Te importo?

Noah dio un paso adelante.

–Sería imposible no sentir algo más que una amistad hacia ti, Callie. He intentado ignorar la atracción sexual pero, después de lo de anoche, he sido incapaz de pensar en otra cosa.

–Hace un momento insistías en que lo que no había nada entre nosotros.

–Porque quería ignorar la atracción que siento por ti pero cuando te abrazo no puedo engañarme. Mis actos me traicionan.

Callie se estremeció.

–Este no es el mejor momento, Noah. Sobre todo cuando tú estás luchando contra... Lo que sea. Por mucho que me gustara que probáramos adónde nos llevaría todo esto, me temo que no podría implicarme en una relación contigo cuando ni siquiera sé a qué demonios te enfrentas o qué futuro me espera.

Él le agarró la mano y la besó en los nudillos.

—Entonces, iremos despacio. Nunca me alejo de lo que deseo, Callie. Y te deseo. En mi cama. He decidido dejar de mentirte, y de mentirme. Supongo que estoy aprendiendo a que hay que hacer lo que uno quiere en ese mismo instante porque puede esfumarse al momento.

—Noah, no puedo sustituir a lo que te ha sucedido. Te comportas como si fuera el pan B de lo que fue mal en tu pasado. Sea lo que sea. No es así como quiero vivir. Nunca seré el segundo plato de nadie.

—Y no tienes por qué serlo —dijo él, acariciándole la mejilla—. Pero quiero que sepas en qué punto estoy y por qué insisto tanto en estar contigo otra vez.

—Sería idiota si te mintiera diciéndote que no he fantaseado contigo. Pero ahora no me siento nada sexy.

—No puedes evitar sentirte como te sientes pero, quiero que sepas una cosa, yo te encuentro muy muy sexy, Callie. No me importa cuál sea tu aspecto exterior. Para mí, eres una mujer sexy por tu actitud y por tu personalidad. Sé que es algo extraño en un hombre, pero es verdad. Sexy no significa impecable.

Callie se rio.

—Espero que no vayas a usar esa frase para tu anuncio nuevo.

Noah esbozó una sonrisa.

–No, eso es solo para tus oídos.

–Entonces no se lo diré a nadie –contestó ella–. Noah, sé que a lo mejor no hace falta que te diga esto pero…

–No, no hace falta. Y no quiero oírlo.

–Siento haberte fallado para el anuncio nuevo.

Noah le sujetó el rostro con ambas manos y dijo:

–Mírame a los ojos y escúchame. No me importan los anuncios. Es lo último que me preocupa ahora.

–Sé que no te preocupa pero la consulta nueva abrirá en un par de meses y no tienes nada más planeado.

–Es cierto, pero también sé que la agencia publicitaria encontrará algo. Barajamos algunas opciones, pero nada es definitivo. Puede que no utilicemos una modelo. Buscamos algo sencillo con un lema pegadizo.

–Eres muy bueno conmigo –susurró ella–. Aunque solo te haya dado problemas, eres maravilloso. No pienses que no te lo agradezco. Incluso a pesar de que te haya gritado, o de llorar, me alegro de tenerte en mi vida.

Callie lo rodeó por la cintura y lo abrazó porque, una vez más, vio el temor y la angustia en su mirada y no quería discutir sobre si él debería o no contarle lo que le pasaba. Algún día conseguiría ayudarlo a espantar sus demonios para que pudiera continuar con su vida.

Capítulo Siete

Ya se había escondido bastante.

Callie no había mentido cuando le dijo a Noah que no tenía que preocuparse por ella y que invitara a sus amigos a su casa. Al fin y al cabo, ella no era más que una invitada.

Pero el mejor amigo de Noah era uno de los actores más atractivos de Hollywood y ella parecía un monstruo.

Callie respiró hondo y se alisó el vestido de verano que llevaba. Se dirigió a la cocina y se detuvo junto a las puertas del patio. Antes de salir se fijó en los dos hombres que allí estaban. En cierto modo eran muy distintos pero ambos eran tan atractivos que cualquier mujer se fijaría en ellos.

Noah tenía el cabello oscuro, la sonrisa sensual y la mirada seductora. Max, tenía el cabello rubio y alborotado y le salían hoyuelos al sonreír. Había actuado en muchas películas y Callie no podía evitar sentir cierta envidia por lo afortunado que era.

No. No permitiría que su pensamiento arruinara la velada de Noah. Ella era su invitada. No tenía por qué estar todo el tiempo con ellos pero tampoco podía estar encerrada en su habitación como una niña enfadada.

Abrió la puerta y salió al patio. No se había puesto zapatos porque pensaba quedarse junto a la piscina.

–Espero que te guste la carne muy poco hecha –dijo Max–. Noah suele sacarla del fuego antes de que se cocine.

–Estás gruñón porque Abby ha cancelado vuestra cita en el último momento –Noah dio la vuelta a la carne y cerró la tapa de la barbacoa–. Te diré que lleva más de diez minutos ahí dentro.

Callie sonrió.

–Yo prefiero que la mía esté bien hecha.

Max se rio.

–Saca la tuya y deja la nuestra en el fuego. Yo me encargaré de la barbacoa.

Noah se volvió hacia él y dijo:

–Nadie toca mi barbacoa, amigo.

Riéndose, Callie se acercó a los escalones de la piscina, se sentó en el bordillo y metió los pies en el agua.

–Siento lo de la película; Callie.

Ella se volvió y vio que Max se disponía a sentarse con ella en el bordillo.

–Gracias. Me ha costado digerirlo.

–Imagino. No puedo comparar mi experiencia con la tuya pero una vez me rechazaron para un papel que deseaba mucho. Era el papel que yo sabía que me lanzaría a la fama.

–¿De veras?

–Me rechazaron por mi altura.

–¿Tu altura?

–El productor quería a alguien un poco más alto que yo. Nunca imaginé que unos centímetros marcaran la diferencia pero, al parecer, estaba equivocado.

Callie estiró las piernas y comenzó a jugar con el agua.

–Mirando atrás, me alegro de que no me dieran ese papel. La película fracasó en las taquillas y, además, cortaron muchas escenas del papel que yo habría representado.

–No tenía ni idea –dijo Callie.

Él la miró a los ojos y ella supo enseguida por qué tenía tanto éxito con las mujeres.

–Todos los actores tienen una historia, Callie –le dijo él–. No siempre nos convertimos en estrellas a la primera. Tenemos que luchar para llegar adonde estamos. Te garantizo que si Anthony Price te quería para su película, se volverá a fijar en ti.

–No estoy tan segura.

–Yo sí –dijo él con seguridad–. Conozco a Anthony y es un hombre estupendo. Trabajan con maquilladores estupendos y conocen muchos trucos para hacer que tu cicatriz desaparezca.

–Pero tendré que ir a hacer los *castings* así. Eso es un punto en mi contra.

–Quizá –dijo él–. Pero lo importante es tu talento a la hora de actuar. Se fijarán en eso y lo demás lo solucionarán los maquilladores.

Callie comenzó a recuperar la esperanza y deseó creer todo lo que él le había dicho.

–Si habéis terminado, la carne está lista –gritó Noah desde el otro lado del patio.

Max se puso en pie y le tendió la mano para ayudarla a levantarse.

–Se pone gruñón cuando le digo cómo tiene que cocinar.

Callie se rio.

–Si no lo hubieras hecho tú, lo habría hecho yo.

–Estupendo –bromeó Noah mientras dejaba la bandeja con carne sobre la mesa–, la próxima vez podéis hacer la cena vosotros mientras yo me siento junto a la piscina.

–Me parece bien –dijo Callie–, pero no soy buena cocinera así que saldrás perjudicado.

Max se rio.

–Pues yo soy un cocinero excelente. Así me crie. Mis padres son los propietarios de una cadena de restaurantes en la Costa Este.

–¿Y cómo puede ser que sigas soltero? –bromeó ella.

Max sonrió antes de contestar.

–Porque me lo paso demasiado bien.

Noah sirvió la carne, la ensalada de patata y las bebidas. Callie se alegró de haber salido de su habitación. No solo estaba distraída sino que las palabras de Max la habían ayudado a creer que podía haber luz al final del túnel.

La semana siguiente Callie se puso un poco más contenta. Se le cayeron los puntos y le hicieron el primer tratamiento de microdermoabrasión.

Se había quedado en la consulta porque Noah tenía que ver a algunos pacientes y Marie se había tenido que marchar para llevar a su nieta al médico. Así que, allí estaba, sentada en la silla de la recepción como muchas otras veces.

Noah estaba terminando con la última paciente y Callie estaba deseando regresar a casa, o a casa de Noah, donde se sentía segura y a salvo de la mirada crítica de Hollywood.

Cuando sonó el teléfono, se volvió con la silla y contestó.

—Consulta del doctor Foster.

—Hola, soy Mary Harper, y Blake, mi hijo, tiene una cita la semana que viene. Llamaba para ver si había alguna cancelación y podíamos ir antes.

Callie abrió la pantalla de las citas y miró si había un hueco. Sabía que Noah tenía una agenda muy apretada y que además había cambiado citas para poder trabajar menos y estar en casa con ella.

—Lo siento, señora Harper, pero no veo ninguna hora libre. ¿Le parece bien dejarme su número de teléfono para que podamos llamarla si hay algún hueco?

—Sería estupendo. Blake está deseando ver al doctor. No quiere ir al colegio hasta que tenga mejor el rostro y el brazo.

Callie sabía que aquel era el niño de diez años que se había quemado. Noah había aceptado a ese paciente para hacerle un favor a otro paciente. No solía tratar a niños ni a personas quemadas.

Callie miró de nuevo a la pantalla y dijo:

—¿Podría traer a Blake mañana a las cinco?

–Creía que…

–Supongo que ver a un paciente más al final del día no supondrá mucho esfuerzo para el doctor Foster y, puesto que esto es la consulta, la cita no llevará mucho tiempo.

La señora Harper rompió a llorar.

–No sabe lo mucho que esto significa para nosotros –dijo la mujer–. De veras. No sabe lo agradecida que estoy de que haya podido adelantarnos la cita. Solo quiero darle alguna esperanza a mi hijo. A las cinco, allí estaremos.

Callie colgó y anotó la cita. Si tenía que ir a la consulta otra vez y esperar a Noah, lo haría. Aquel niño lo necesitaba.

Callie esperó en el despacho de Noah mientras él atendía al pequeño Blake. No quería ver al niño, no quería recordar que había gente con problemas más graves que los de ella. Sin embargo, estaba deseando escuchar la opinión de Noah acerca de las posibilidades del niño.

Por suerte, Marie estaba en la recepción y Callie podía esconderse allí dentro. No quería estar de cara al público.

Callie miró el reloj y se preguntó qué estarían haciendo sus padres. No les había contado lo del accidente.

Sacó el teléfono móvil del bolsillo y marcó el número.

–¿Diga?

–¿Mamá?

–¡Callie! Me alegro de hablar contigo.

–No esperaba encontrarte en casa, mamá. ¿No trabajas hoy?

Erma Matthews suspiró.

–Me han recortado el horario en el supermercado así que ahora trabajo menos.

Callie cerró los ojos y se frotó la sien.

–Lo siento mucho, mamá. Deduzco que puesto que habéis restablecido la línea de teléfono habéis recibido el dinero que metí en vuestra cuenta.

–Sí, cariño. Gracias. Odio que tengas que gastarte el dinero en nosotros. Con suerte tu padre encontrará algo pronto. Hace dos días hizo una entrevista para una fábrica que está a una hora de aquí. Tendrá que ir y venir pero el sueldo es mejor del que ganaba antes de que lo despidieran.

–Eso sería estupendo, mamá.

Durante un momento se hizo un silencio y Callie supo que tenía que ir al grano.

–Mamá, tengo que contarte una cosa pero no quiero que te preocupes.

–¿Qué ha pasado? ¿Estás bien?

–Hace un par de semanas tuve un accidente, pero estoy bien. Me he roto la clavícula y me pusieron unos puntos, nada más.

–¡Madre mía, cariño! ¿Por qué no le enviaste un mensaje a tu hermano para que nos lo contara?

–No quería preocuparos. Por culpa del accidente no podré representar el papel que me habían dado en la película de Anthony Price.

–Oh, cariño, lo siento mucho. Sé cuánto deseabas ese papel. Habrá más –le aseguró–. Lo que tiene que pasar, pasará.

–Escucha, mamá –dijo Callie, tratando de contener las lágrimas–. Estoy en la consulta y tengo que dejarte. solo quería contaros lo que había pasado.

–Me alegro de que hayas llamado. Te quiero mucho.

–Yo también, mamá.

Momentos más tarde, Noah entró en el despacho y colgó la bata detrás de la puerta. Sin decir nada, se acercó al escritorio y sacó sus llaves de un cajón.

–Estoy preparado.

Callie lo observó mientras salía por la puerta y se dirigía a la salida trasera.

Al parecer algo iba mal. Lo siguió hasta el coche y se sentó en el asiento del copiloto.

–¿Podrías decirme qué ha pasado para que estés tan disgustado?

–No.

Noah no la miró y continuó conduciendo hasta su casa. Cuando entraron en el garaje, la tensión invadía el ambiente y Callie decidió que lo mejor sería entrar en la casa.

–¡Maldita sea!

Callie permaneció sentada, esperando a ver si él continuaba hablando.

–No sé si puedo hacer esto, Callie. No puedo operar a ese niño y no tomarle cariño.

Callie se mordió el labio para no interrumpirlo.

–Me miraba con tanta esperanza que yo deseé decirle que las promesas que le había hecho su madre acerca de que se recuperaría, se cumplirían. Quiero ser el héroe que él cree que soy.

Callie le tocó el brazo.

–¿Y qué te lo impide?

–¿Y si fracaso?

Noah volvió la cabeza y ella vio dolor en su mirada. Por primera vez, él no intentaba mantenerlo bajo control.

–Me niego a fallarle a otra persona, Callie.

–Noah…

Él salió del coche y entró en la casa dando un portazo. Callie suspiró y apoyó la cabeza en el asiento. Si Noah no contaba sus temores pronto, se derrumbaría, y todos sus secretos y emociones quedarían al descubierto para que todo el mundo los viera y él no podría hacer nada al respecto. Esperaba que él la dejara ayudarlo pero era demasiado cabezota y terco.

Curiosamente, algunas de esas cualidades que tanto la molestaban también la caracterizaban a ella.

Había pasado una semana desde que el agente inmobiliario enseñó la casa de Noah y él todavía no había sido capaz de darle una respuesta. La pareja de recién casados había ofrecido una suma mayor que el resto de las ofertas que había recibido y casi igual al precio de venta que él había marcado. Sin embargo, no había sido capaz de llamar al agente.

Además, había hablado con algunos colegas sobre el caso de Blake y estaba seguro de que era el mejor para tratar al pequeño. Sin embargo, la idea de que el pequeño tuviera toda su esperanza puesta en él era más de lo que Noah podía soportar. Callie y Blake buscaban algo que Noah no estaba seguro de poder darles.

Decidió que necesitaba volver a recuperar la relación de amistad con Callie y dejar de comportarse como médico durante un tiempo. Además, ese día había recibido una cosa y no podía esperar para enseñársela a Callie.

Después de comer, ella se había tomado un analgésico y se había acostado un rato. Por la mañana se había quitado el cabestrillo. La semana anterior le había hecho la microdermoabrasión y confiaba en hacerle otra unos días después. Si conseguía trabajar sobre la herida a menudo, quizá consiguiera reducir el tiempo de cicatrización y la cicatriz no sería tan visible.

Entró en la cocina y vio el frasco del analgésico en la encimera. Una agobiante sensación se apoderó de él. Miró el reloj de la cocina y vio que era la hora de que Callie se tomara la medicación, entonces, ¿por qué estaba fuera el frasco?

Noah lo abrió y contó las pastillas. Faltaban dos.

Ella se había tomado una extra el otro día y, probablemente, otra esa misma mañana. No debía de tomar dos pastillas el mismo día.

Noah cerró el frasco y se dirigió a su habitación. Cuando llegó a la segunda planta estaba enfadado, disgustado y se sentía un poco traicionado. Si ella mentía, no volvería a ayudarla. No podía vivir así otra vez. Y no podía ser su médico si no seguía sus indicaciones.

Abrió la puerta y vio que ella estaba tumbada de lado. Entró en la habitación, dejó el frasco sobre la mesilla y se sentó en el borde de la cama. A l instante, ella abrió los ojos y lo miró. Tenía el mismo aspecto que la noche en que le había hecho el amor con la boca. ¡Menos mal que había puesto distancia entre ambos!

–¿Te has tomado una pastilla sin decírmelo? –preguntó sin tratar de disimular su enfado.

Callie se incorporó y dijo:

–Me tomé una justo antes de acostarme. Creo que me he excedido al quitarme el cabestrillo. Solo he hecho algunos ejercicios más de los habituales con el brazo pero me duele bastante más.

Noah agarró el frasco, fue al baño y tiró las pastillas por el retrete. Cuando regresó, ella estaba de pie y enfadada.

–¿Por qué has hecho eso? –preguntó ella.

–Porque me da miedo que te enganches. Son muy adictivas. Y te dije que si volvías a hacerlo las tiraría.

Callie se rio.

–No voy a hacerme adicta, Noah. Me he tomado la pastilla un poquito antes de la hora, nada más. La otra me la había tomado hace más de seis horas. No iba a sufrir una sobredosis.

Solo la palabra hacía que se sintiera enfermo. La

imagen de cómo había encontrado a Malinda estaba grabada en su cabeza. De pronto había imaginado que a Callie podía pasarle lo mismo y había sentido ganas de vomitar.

–Si vas a quedarte en mi casa y quieres que siga siendo tu médico, tendrás que hacer lo que digo, si no, no te ayudaré más. Creía que ya habíamos hablado de ello.

Callie dio un paso atrás y pestañeó.

–Está bien. Tranquilo. Prometo no hacer nada más sin preguntar.

Él la miró unos instantes. Necesitaba tranquilizarse.

Y recordar que ella no era Malinda y que realmente no creía que tuviera un problema de drogas. Tenía que relajarse o ella terminaría por marcharse.

–Estaba esperando un paquete y confiaba en que estuvieras despierta cuando me llegara, pero no he tenido suerte –le dijo, al recordar que tenía una sorpresa.

Ella ladeó la cabeza y sonrió. Y así, sin más, lo había perdonado por haberla gritado. Sí, era bastante diferente a Malinda.

–¿Qué es? –preguntó ella con una amplia sonrisa–. ¿Un perro? Siempre he deseado tener un perro como el que me dejé en Kansas.

Él se rio.

–No, no es un perro. Es otra cosa que también te dejaste allí.

Ella frunció el ceño y negó con la cabeza.

–¿Mi viejo todoterreno con el claxon roto?

109

Él la agarró de la mano y la guio hacia la puerta.

–Sígueme y no trates de adivinarlo. Así perderá la gracia.

Ella se dejó guiar hasta la parte trasera de la casa donde estaba el cuarto de juegos.

Cuando entraron en la habitación, él encendió la luz y se echó a un lado para que ella pudiera ver.

–¡Oh, cielos! ¡No es posible, Noah!

Solo por ver su reacción había merecido la pena pagar más para que entregaran la mesa de billar cuanto antes.

–A mí también me gusta y había pensado comprar una para el cuarto de juegos. Cuando la mencionaste, decidí hacerlo. Max y yo solíamos jugar en la universidad.

Ella permaneció en silencio y él continuó:

–Jugábamos mientras bebíamos cerveza y hablábamos de mujeres.

–Está muy bien que sigáis siendo tan amigos –dijo ella.

–Es como de mi familia –dijo él.

Callie se acercó a la mesa y pasó la mano por la tela verde.

–Me va a resultar muy difícil jugar con el brazo malo.

Noah se acercó a ella y se apoyó en la mesa.

–Para eso estoy aquí, ¿no? Para ayudarte con las cosas que no puedes hacer.

Callie se estremeció y él agradeció que tuviera ese efecto sobre ella.

–¿Vamos a jugar ahora? –preguntó ella.

Noah reconocía una oportunidad nada más verla. Callie tenía el cabello alborotado a causa de la siesta y llevaba una de sus camisas. Él sabía que debajo no llevaba sujetador. Los pantalones eran muy cortos y dejaban los muslos prácticamente al descubierto.

–Sí –dijo él, posando la mirada en sus labios–. Vamos a jugar ahora.

Callie se inclinó hacia delante y Noah se aclaró la garganta.

–Iré a por un palo.

Callie colocó las bolas en el triángulo mientras él ponía tiza en el palo.

–Me quedaré detrás de ti –dijo él.

–Tendré que empujar con mi brazo izquierdo, si tú puedes rodearme y sujetarlo con la mano derecha...

–Encantado.

Él se estaba torturando a sí mismo. De hecho, llevaba torturándose desde que se dejó llevar en el sofá aquella noche.

Callie agarró el final del palo con la mano izquierda y Noah la rodeó con el brazo derecho. Sus rostros quedaron muy cerca y él podía inhalar el aroma embriagador que desprendía el cuerpo de Callie. Se acercó un poco más, hasta que le rozó la oreja con la boca.

–Inclínate –susurró él, y la acompañó en el movimiento.

–Relaja –susurró él–. Respiras de forma agitada. Tómate tu tiempo. Concéntrate en lo que quieres que suceda.

«Maldita sea», pensó él. Si no se callaba sus pantalones vaqueros no podrían contener su miembro erecto.

–He jugado en otras ocasiones –volvió la cabeza para mirarlo y le rozó la barbilla con los labios.

–Ha pasado bastante tiempo –le recordó él–. Estoy aquí para recordarte cómo se hace.

–Creo que lo recuerdo –dijo ella con sonrisa sensual.

Noah tragó saliva. Se le daba bien coquetear, igual que había hecho antes del accidente. Poco a poco volvía a ser la de antes.

–Sujeta el palo con firmeza –dijo él, cubriéndole la mano con la suya–. No tengas prisa. Practica a acariciarlo y no lo sueltes demasiado pronto.

«Por favor, Noah, cállate».

–Ya lo tengo –dijo ella, y empujó el palo hasta que golpeó la bola de saque contra las otras.

La dos de rayas entró en uno de los agujeros al instante.

–Buen trabajo –dijo él, mientras ella se incorporaba. Y sí, notaba una fuerte presión en la entrepierna. «Bien hecho, Noah. ¡Vaya manera de evitar una erección!».

–Si eso te ha parecido bueno, te vas a quedar impresionado –le dijo mientras rodeaba la mesa–. De hecho, creo que puedo ganarte sin tu ayuda y con un solo brazo.

Intrigado, se cruzó de brazos y sonrió.

–Veamos.

Ella le demostró lo buena que era jugando al billar y él se alegró de que sus amigos no estuvieran allí para verlo. Max se hubiera metido con él por perder tan rápido.

Cuando la partida estaba a punto de acabar, Noah ya estaba harto de ver cómo se inclinaba sobre la mesa con esos pantalones tan cortos y su camisa. Le encantaba la manera en que, de vez en cuando, dejaba entrever sus senos o uno de sus hombros.

Antes de que ella pudiera meter la última bola y avergonzarlo del todo, él la rodeó por la cintura y le quitó el palo.

—Creo que ya me has hecho una buena demostración.

—¿Eres un mal perdedor?

—Sí, bueno, ahora mismo preferiría... —le acarició el hombro y la nuca, jugueteando con su cabello.

—Podría pensar que lo tenías planeado pero no sabías que iba a comprar esta mesa.

—¿El qué tenía planeado?

—Tus pantalones cortos —dijo él—. Lo de inclinarte sobre la mesa y poner tu trasero delante de mi cara a cada momento.

—Desde luego no tenía ni idea de que ibas a traer esto. Además, has sido tú el que me ha sacado de la cama.

—Debía de haberte dejado allí —dijo él, estrechándola contra su cuerpo.

La besó en los labios y ella respondió al instante. Arqueó el cuerpo contra el de él y Noah le acarició la espalda.

Cuando le introdujo la lengua en la boca, Noah

notó que le flaqueaban las piernas. Aquella mujer sabía cómo tomar lo que él estaba dispuesto a dar. Sujetándola por la cintura, la sentó sobre la mesa de billar y se colocó entre sus piernas. No pensaba dejarla escapar. Sin dejar de besarla, comenzó a desabrocharle los botones de la camisa.

—Arráncamela —dijo ella contra sus labios.

—Es mi camisa —se rio él.

Pegó un tirón y arrancó el último botón.

—Eres preciosa —le dijo al verla con el torso desnudo.

Noah le sujetó el rostro con las manos y la besó.

—Te deseo, Callie. A ti. Porque me gustas. Así de sencillo.

Ella le acarició la mejilla.

—Entonces no permitas que complique las cosas hablando porque estoy a punto de estallar.

Noah se apresuró a quitarse la camisa, los pantalones y la ropa interior. Sacó un preservativo del bolsillo de los pantalones y lo dejó sobre la mesa.

Él le desabrochó los pantalones y se los quitó junto a la ropa interior.

Noah dio un paso atrás para mirarla y, aunque sabía que se sentía incómoda, quería que se acostumbrara al hecho de que él disfrutaba mirándola.

Callie deseaba que él hiciera algo. Su manera de mirarla la estaba poniendo nerviosa.

—¿Noah?

—Solo quería verte. Desnuda.

Dio un paso adelante y la rodeó por la cintura para que se moviera una pizca hacia delante. Callie separó las piernas y cuando él metió la mano para acariciarla, se echó hacia atrás, apoyándose sobre la mano buena, para que pudiera verla mejor.

–Así –susurró él–. Relájate.

Sin dejar de acariciarla, le levantó los pies para apoyárselos en el borde de la mesa. Después, le introdujo un dedo en el cuerpo y comenzó a moverlo despacio en su interior. Ella levantó las caderas, suplicándole que continuara dándole placer.

–Espera –dijo Noah–. Tenemos tiempo.

Ella lo miró y vio que estaba sonriendo. Disfrutaba torturándola pero ella no pensaba suplicar más. Se recostó en la mesa y cerró los ojos, permitiendo que él se entretuviera con ella.

Oyó que abría el preservativo y esperó con nerviosismo.

Noah la sujetó por el interior de los muslos y le separó las piernas para penetrarla. Ella levantó el brazo izquierdo y él la ayudó a incorporarse. Sus pezones turgentes acariciaron su torso musculoso, y ella gimió cuando él empezó a moverse en su interior.

Noah la besó en los labios e introdujo la lengua en su boca, replicando el movimiento de sus cuerpos. Comenzó a respirar de manera acelerada y Callie se agarró a su hombro para no separarse de él ni una pizca. Noah dejó de besarla y apoyó la frente sobre la suya. Con los ojos cerrados, gimió de placer.

Saber que podía excitarlo hasta que estuviera a punto de estallar era todo lo que necesitaba para dejarse llevar. Lo atrapó rodeándolo con las piernas y apretándolo con las rodillas. Noah echó la cabeza hacia atrás y la penetró una vez más, antes de detenerse y alcanzar el clímax. Ella lo abrazó hasta que dejaron de temblar y, después, él se retiró.

Con una pícara sonrisa, él le retiró el cabello de la cara.

–Sin duda, esta es la mejor adquisición que he hecho para mi casa en toda mi vida.

Capítulo Ocho

Noah avanzó por el pasillo de la residencia hacia la habitación de Thelma. Su puerta estaba entreabierta y, al entrar, vio que estaba dormida en la butaca. No tenía muy buen aspecto y, como médico, sabía que no le quedara mucho tiempo.

Noah entró en la habitación y cerró la puerta. El ruido despertó a Thelma y, al verlo, sonrió.

—No sabía que iba a recibir a este visitante tan atractivo. ¿Cómo te llamas, cariño?

—Soy Noah, Thelma —se sentó en una butaca junto a ella—. ¿Te acuerdas de mí? Estoy comprometido con Malinda. Tu nieta.

Ella lo miró un momento y sonrió.

—Oh, mi querida Malinda. ¿Por qué no ha venido? ¿Está trabajando?

—No, hoy no podía venir.

—¿Y puedes decirle que pase a verme?

—Veré lo que puedo hacer —le aseguró—. Ahora me gustaría saber cómo te encuentras.

Thelma se encogió de hombros.

—Estoy bien. Um… ¿Podrías llamar a Malinda? Me gustaría mucho hablar con ella.

—Está ocupada —mintió—. Te prometo que ella también te echa de menos.

117

Thelma asintió y agarró la mano de Noah.

—Es una chica encantadora. ¿Y está comprometida? Estoy segura de que es muy feliz. No puedo esperar a la boda. Conozco a Malinda. Será una novia muy guapa.

Noah tragó saliva para deshacer el nudo que se le había formado en la garganta. Sí, habría sido una novia muy guapa. Y esposa. Si no se hubiera enganchado a la droga.

—Siempre jugaba a ponerse elegante cuando era pequeña —continuó Thelma—: Quería ser actriz y solía disfrazarse para actuar. La mayor parte del tiempo representaba a una novia y bajaba por las escaleras con una funda de almohada a modo de velo.

De pronto, se sorprendió al ver que por primera vez los recuerdos no eran tan dolorosos. Sabía que el hecho de que Callie hubiera aparecido en su vida había ayudado a que el dolor y el sentimiento de culpa hubieran disminuido. Callie estaba haciendo que su vida fuera mejor.

—¿Has desayunado hoy? —preguntó él, tratando de cambiar de tema.

—Seguro que sí pero no recuerdo el qué. Fruta, quizá.

—¿Qué tal si te tomas un yogur y un zumo?

—Yogur, por favor.

Noah dejó la bandeja sobre el regazo de Thelma y regresó a por el zumo. Incluso mientras comía, Thelma continuó hablando de Malinda. Él simplemente asintió con una sonrisa.

Pero le resultaba muy difícil imaginar a Malinda,

y no porque hubiera pasado más de un año desde su fallecimiento sino porque cuando lo intentaba, aparecía la imagen de Callie en su cabeza.

Cada vez que pensaba en Callie, recordaba la imagen erótica de la noche anterior. Callie inclinada sobre la mesa de billar. Callie con las piernas separadas sobre la mesa de billar. Callie abrazada a su cuerpo.

Thelma se rio y él volvió a la realidad.

—¿Qué? —preguntó.

—Tienes una amplia sonrisa en el rostro —le dijo—. Conozco esa expresión. Estás enamorado. Recuerdo cuando me enamoré de William —Thelma bebió un poco de zumo y sonrió—. Era el hombre más atractivo que había visto nunca. Casi tan atractivo como tú.

—Gracias.

—Mi nieta tiene buen gusto —le dijo—. Y sé que vas a tratarla muy bien, como un buen esposo. Cuidarás de ella, que es lo que necesita. A veces puede ser una mujer vulnerable, pero tú eres un hombre fuerte. Me alegro de que te haya encontrado.

Noah se puso en pie. No podía seguir allí escuchando lo bueno que era. Si hubiese sido verdad, Malinda no habría muerto.

—Thelma, tengo una reunión y debo irme pero prometo que mañana volveré —le retiro la bandeja—. ¿Hay algo más que pueda hacer por ti antes de irme?

Ella sonrió y dijo:

—Asegúrate de traer a Malinda y dile que la quiero.

Noah asintió, la besó en la mejilla y se marchó. No podía seguir haciendo aquello. Era un hipócrita.

Le había fallado a la única mujer que había amado en su vida. Y se negaba a fallarle a Callie también.

Callie se guardó el teléfono en el bolsillo y se contuvo para no tirar algo o romper a llorar.

Cuando llamó a sus padres para saber cómo estaban, se enteró de que algo iba mal. Su padre le contó que una tormenta había roto parte del tejado y que lo había tapado con una lona confiando en poder repararlo, porque no tenía dinero para cambiarlo entero.

Cerró los ojos y suspiró. ¿Qué estaba haciendo? Estaba viviendo en casa de su jefe, dejando que cuidara de ella y manteniendo una relación íntima con él cuando sabía que no quería compromiso. Noah se lo había dicho y, además, ella tampoco quería estar con alguien que guardaba tantos secretos. Secretos que evidentemente eran tan dolorosos que ni siquiera podía mencionarlos.

O quizá ese era el problema. Quizá no quería contárselos a ella.

—Parece que te sientes igual que yo.

Callie levantó la cabeza y vio que Noah estaba apoyado en el cerco de la puerta.

—¿Has tenido mal día? —preguntó ella.

Él asintió.

—Acabo de regresar de la residencia.

—Vas casi cada día. ¿Tienes a un familiar allí?

—Más o menos. No somos parientes pero yo soy la única persona que ella tiene.

–¿Está peor? –preguntó Callie–: Sé que no es asunto mío pero pareces preocupado.

Él se pasó la mano por el rostro y entró en la habitación.

–Tiene *alzheimer* y unos días está peor que otros. Está empeñada en ver a su nieta.

–¿Y eso qué tiene de malo?

Noah apoyó las manos en las caderas.

–Su nieta murió hace poco más de un año.

–Oh, cielos. Eso es terrible. ¿Qué pasó?

Noah miró al suelo y negó con la cabeza.

–Un estúpido accidente que podía haberse evitado.

¿Sería ese el motivo de la pesadilla que invadía su vida?

–¿No puedes evitar el tema con ella? –preguntó Callie.

–Lo he intentado. Cada vez que voy a visitarla tengo que esquivarlo, pero es la única cosa que echa de menos en su vida. A pesar de todo lo que ha olvidado, nunca se ha olvidado de Malinda.

–Las familias crean lazos muy fuertes –murmuró ella–. Unos más que otros.

–¿Va todo bien en casa de tus padres?

No era necesario que contara que provenía de una familia pobre. No quería que sintiera más lástima por ella.

–En realidad no –dijo ella–. Puede que tenga que ir unos días.

–¿Qué ocurre?

–Hay algunos asuntos que tengo que solucionar y

no puedo hacerlo desde aquí. Tampoco estoy segura de qué podré hacer cuando esté allí pero no puedo ignorar el hecho de que mis padres necesitan ayuda.

—¿Hay algo que pueda hacer? —preguntó Noah.

—No, pero gracias.

Él la miró como si supiera que ocultaba algo.

—Puedo acompañarte. No sé qué es lo que pasa, pero me gustaría ayudaros.

—No hace falta que vengas. Tienes que trabajar y ya te has tomado bastante tiempo libre por mi culpa. Estaré bien, y solo estaré fuera un par de días. Ni siquiera me echarás de menos.

Noah decidió no presionar y se fijó en el hombro de Callie.

—¿Cómo va tu clavícula? —le preguntó.

—Me encuentro mucho mejor. Eso es porque me está cuidando el mejor médico de la ciudad —le dijo con una sonrisa.

Él dio un paso adelante y se colocó detrás de ella.

—¿Estás coqueteando conmigo?

—¿Y si así fuera?

Él la rodeó por la cintura y la movió hacia atrás, presionándola contra su cuerpo. Noah inclinó la cabeza hacia el oído de Callie, sin dejar de mirarla a través del espejo.

—Entonces, tendré que hacer algo al respecto —susurró—. ¿Buscas algo más aparte de coquetear?

—Quizá los dos hemos tenido mal día. Nunca es demasiado tarde para cambiarlo —dijo ella, y se estremeció.

Noah colocó la mano en el vientre de Callie e introdujo el dedo meñique bajo la cinturilla de sus pantalones.

–Estoy dispuesto a conseguir que tu día sea mucho mejor.

Deslizó la mano por debajo de su camisa y le acarició los senos.

–¿Estás segura de que puedes aguantarlo todo? Me da la sensación de que esto puede durar un rato.

Callie apoyó la cabeza en su hombro y suspiró cuando él empezó a juguetear con su pezón.

–Estoy segura –murmuró, incapaz de decir nada más.

Antes de que él pudiera cumplir su promesa, sonó el timbre de la puerta.

Noah se detuvo y blasfemó.

–Volveré en cuanto mate a la persona que está en la puerta. Enterraremos el cuerpo más tarde.

Callie miró por la ventana y vio a Max. No solo era uno de los mejores actores de Hollywood sino que era tremendamente atractivo. Sin embargo, no le provocaba el cosquilleo en el estómago que sentía cuando estaba con Noah.

¿Cosquilleo? ¿Sería que estaba enamorándose de él?

Intentando no pensar en ello, abrió la puerta.

Max estaba muy serio y llevaba gafas de sol.

–¿Qué pasa?

–¿Esta Noah?

Callie se echó a un lado.

—¿Va todo bien?

Max se alejó sin contestar y Callie dudó un instante sin saber qué hacer. Cuando estaba acercándose oyó la palabra cáncer y se detuvo. ¿Max estaba enfermo? Momentos más tarde, oyó que hablaban de su madre y supo que era mejor no entrar.

Se dirigió al despacho de Noah. Se acomodó en el asiento y suspiró. Levantó la mano y se acarició la cicatriz del rostro. Se acercó al espejo y se observó. Tenía mejor aspecto pero no el que ella deseaba. Aunque se peinara de otra manera para ir a los *castings*, no conseguiría disimularla del todo.

Noah entró en el despacho y se colocó tras ella.

—Por mucho que la mires no conseguirás que desaparezca —le dijo.

—Lo sé —contestó ella, mirándolo a través del espejo—. ¿Cómo está Max?

—Asustado, preocupado. Su madre tiene cáncer.

—Lo oí cuando te lo contaba, así que decidí dejaros a solas.

Noah apoyó las manos en sus hombros y la atrajo hacia sí.

—Que te percataras de que necesitábamos estar a solas significa mucho para mí.

Callie frunció el ceño.

—Por supuesto que necesitabais estar a solas. Es tu mejor amigo y traía malas noticias.

Él la miró en el espejo y suspiró.

—Nunca he conocido a nadie como tú, Callie. En la consulta has sido una empleada estupenda y como persona eres maravillosa.

Ella no contestó.

–Me alegro de que estés aquí –susurró él, apartándole el cabello para besarla en el cuello–. Y recuerdo que antes de que sonara el timbre estábamos preparando algo prometedor.

–Has tenido un día muy estresante, Noah. Por qué no dejas que yo…

–Sé muy bien lo que puedes hacer y eso implica silencio –le susurró al oído y la besó en el lóbulo.

–¿Qué estamos haciendo?

–Voy a desnudarte.

Ella suspiró y sonrió.

Me refería a otra cosa. ¿Esto es una relación o solo estamos pasando un buen rato?

–No puedo contestarte ahora pero puedo decirte que cuando estás conmigo estoy contento y que me alegro de que estés aquí. No por las circunstancias, pero me gusta tenerte en mi casa.

Ella no dijo nada. No sabía cómo responder a su falta de compromiso.

–Lo siento –dijo él–. Ahora no puedo decirte nada más.

Callie sonrió.

–No pasa nada. Eres sincero. Lo prefiero a que me digas lo que crees que quiero oír.

–¿Has terminado de hablar? –preguntó él con una sonrisa.

–Sí –sonrió ella–. Ahora, ¿qué ibas a enseñarme antes de que llegara Max?

–Iba a enseñarte lo bien que lo pasamos cuando estamos juntos.

Noah la besó en los labios y continuó hasta el escote de su camisa, la agarró por los hombros y le desabrochó los botones uno a uno. Después, le quitó la camisa y la tiró al suelo.

Sin dejar de besarla, le quitó los pantalones y la ropa interior. Ella colaboró y, cuando él se quitó las zapatillas de deporte, le bajó los pantalones.

–Me encanta tu sabor. No consigo saciarme.

Se inclinó y la tomó en brazos para sentarla en el borde del escritorio.

–Nunca llegamos a la cama –dijo ella con una sonrisa.

–Hay seis dormitorios y todos están demasiado lejos.

Callie lo rodeó por los hombros y echó el cuerpo hacia delante. Nunca había experimentado un deseo tan intenso. Y no había imaginado que podía perder el control tan rápido o enamorarse de un hombre de esa manera.

Porque ya no podía engañarse. Estaba locamente enamorada de Noah Foster.

Sus cuerpos comenzaron a moverse al unísono. Callie sabía que aquel hombre era para ella. Arqueó el cuerpo para sentir el miembro de Noah con más intensidad, y gimió al notar que se aproximaba al clímax.

Noah comenzó a moverse más deprisa, apoyó la frente en la de Callie y la miró fijamente a los ojos. Por primera vez, ella no vio dolor en su mirada sino algo mucho más profundo. Y dudaba que él supiera que lo sentía.

Durante un instante, vio el brillo del amor.

Callie empezó a temblar cuando el orgasmo se apoderó de ella. Noah tensó el cuerpo al mismo tiempo que ella y cerró los ojos con fuerza.

Quizá él no quisiera admitir lo que acababa de suceder o lo que estaba sintiendo pero Callie sabía con certeza que Noah se estaba enamorando de ella. Solo tenía que asegurarse de que su pasado tormentoso no consiguiera separarlos.

Callie se sentía como una niña pequeña. Cuando aparcó el coche de alquiler frente a su casa de Kansas, los recuerdos de su niñez regresaron.

Bajó del coche y sus padres salieron a recibirla al porche. Al verlos, se dio cuenta de cuánto los echaba de menos. Ellos siempre la habían apoyado e incluso cuando ella se había sentido gorda y marginada habían conseguido mostrarle sus cualidades positivas.

Callie dejó la bolsa en el suelo y abrazó a su madre con el brazo izquierdo. Cuando su padre se acercó a darle un abrazo por el lado derecho, ella dio un paso atrás.

—Lo siento, todavía me duele un poco la clavícula —trató de sonreír al ver que sus padres se fijaban en la cicatriz de su mejilla—. No es tan grave como parece, aunque la cicatriz es un poco fea.

—Cariño, siento mucho que tuvieras el accidente.

—Estoy bien. De veras. Noah piensa arreglarme la cicatriz en cuanto esté preparada para la cirugía. Bueno, ¿y cuánto va a costar reparar el tejado?

Su padre suspiró.

–Un amigo con el que solía trabajar me dijo que podría repararlo, aunque los materiales también son caros. La idea es hacer ese lado de momento pero si hay otra tormenta se puede llevar el resto.

–Entonces, encontraremos la manera de arreglarlo todo –les dijo–. Tengo un poco de dinero ahorrado. No es mucho pero haré algunas llamadas y veré qué podemos hacer.

Su padre la rodeó con el brazo.

–Cariño, no esperábamos que vinieras a casa tan rápido. No puedes hacer nada que yo no pueda hacer.

–Es cierto, pero me siento mejor si estoy aquí ayudándoos.

El padre la miró y sonrió.

–Siempre has sido una chica decidida y luchadora. Me alegro de que estés aquí, Callie.

Sí, así era. Decidida y luchadora. Sin embargo, había estado autocompadeciéndose después del accidente. Al menos, allí tendría la sensación de estar ayudando.

Y ni siquiera iba a preguntar si su hermana también los había ayudado. Era posible que ni siquiera supiera lo mal que estaban sus padres.

–Vamos dentro –dijo su madre, y agarró la bolsa de Callie–. Quiero que nos cuentes todo lo que has visto en Hollywood.

Necesitaba pasar un tiempo alejada de Noah, y pasar tiempo con su madre era una buena manera de despejar su cabeza.

Callie había olvidado lo mucho que echaba de menos la comida casera. Y lo bien que sentaba disfrutarla mientras veía una película en el televisor.

Su madre estaba a su lado en el sofá y su padre en una butaca. Sí, era agradable regresar a la vida sencilla de siempre. Sin embargo, ella nunca había deseado quedarse a vivir en un pueblo pequeño donde lo único que se podía hacer por la noche era ver el telediario o rellenar crucigramas.

Sonó el timbre y los tres miraron hacia la puerta. Callie permaneció en el sofá mientras el padre abría el cerrojo.

—Disculpe, señor.

«Oh, cielos». Callie reconoció la voz.

—Estoy buscando a Callie Matthews.

Ella se puso en pie y corrió junto a su padre.

—¡Noah! ¿Qué haces aquí?

—¿Noah? —preguntó el padre mientras abría la puerta del todo—. ¿Este es el médico para el que trabajas?

Callie asintió sin apartar la mirada de Noah. Iba vestido con unos pantalones vaqueros desgastados, unas zapatillas de deporte y una camiseta gris. Si no hubiera sabido que era el mejor cirujano de Hollywood, habría pensado que era un vecino de Kansas.

—Pase, pase —dijo la madre desde detrás—. No dejéis al pobre hombre en el porche.

Callie miró a su alrededor. El salón estaba recogido pero los muebles eran muy viejos. Sin embargo, se negaba a avergonzarse de sus orígenes. Esa era la vida que había llevado antes de conocer a Noah.

–Pensé que podía ayudaros –dijo Noah, dejando la bolsa que llevaba en el suelo–. Puesto que no me dejaste venir contigo, decidí darte una sorpresa.

Callie se rio.

–¡Y lo has conseguido! ¿Has mirado la dirección en mi ficha del trabajo?

–Casi siempre consigo lo que quiero –dijo él, mirándola fijamente. Después se volvió hacia el padre de Callie y le tendió la mano–. No nos han presentado. Soy Noah Foster.

–Jim Matthews –dijo el padre, y le estrechó la mano–. Y esta es Erma, mi esposa.

–Un placer conocerlos –dijo Noah–. No quiero molestarlos, así que, cuando termine de hablar con Callie me iré al hotel más cercano. Pero hablaba en serio cuando decía que quería ayudarles.

–No se quedará en el hotel –dijo la madre–. Puede que tengamos una habitación menos por culpa del tejado pero todavía queda la habitación del sótano. Es bienvenido si quiere quedarse aquí. ¿Tiene hambre? Hemos cenado hace rato pero ha sobrado.

–No, señora –dijo él con una sonrisa–. He comido algo al salir del avión.

Mientras Noah cautivaba a sus padres, Callie lo miraba paralizada. Noah Foster estaba en el salón hablando con sus padres como si perteneciera a ese lugar.

–Callie, cariño –dijo el padre–, ¿por qué no le enseñas a Noah la habitación que puede utilizar?

–Por supuesto –dijo ella–. Vamos, Noah. Podemos hablar allí.

Se dirigió a la puerta del sótano y encendió la luz de la escalera. Una vez abajo, encendió la luz del dormitorio.

–Está casi vacío –le dijo al entrar–. Casi nunca tenemos visita. Mi dormitorio no puede utilizarse así que dormiré en el sofá.

–¿En el sofá? Puedo irme a un hotel, o dormir en el sofá.

Callie negó con la cabeza.

–No seas tonto. Estás aquí y esta es tu habitación. A menos que quieras algo más elegante.

Noah dio un paso hacia ella.

–Callie, creo que ya me conoces bastante como para saber que no soy un esnob. No he venido hasta aquí para que me traten como a un hombre elegante. He venido a ayudaros en lo que pueda. Sé que has venido para ayudar a tus padres. Me importas y estoy aquí por ti. No te distancies por sentirte avergonzada de tus orígenes.

Callie miró a otro lado y él le sujetó la barbilla para que lo mirara.

–¿Y si en lugar de dormir en el sofá o en el hotel compartimos esta habitación?

–No pienso acostarme contigo con mis padres en la misma casa.

Noah se rio.

–¿Crees que no saben que no eres virgen?

–Estoy segura de que saben que no lo soy, pero me da igual.

Él arqueó una ceja.

–Quiero dormir contigo, Callie. Podemos… Hablar. Así mañana estaremos preparados para lo que haya que hacer.

Callie le acarició el cabello.

–No puedo creer que hayas venido hasta aquí para ayudarme sin siquiera saber en qué necesito ayuda.

Él se encogió de hombros.

–¿Tiene que ver con esa lona azul que hay en el tejado?

–Sí –suspiró ella–. Una tormenta se llevó la parte del tejado que da a mi dormitorio.

–¿Y necesitan un nuevo tejado? ¿Cuánto cuesta?

–Mi padre tiene un amigo que va a ayudarlo a repararlo pero los materiales son caros –Callie se agachó para recoger la bolsa de Noah y dejarla sobre la cómoda–. Mañana pensaba ir al banco para pedir un crédito para ayudarlos. No estoy segura de si me lo van a dar pero tengo más posibilidades que ellos. Mi padre está desempleado y…

–Tranquila –dijo él–. Todo se solucionará. ¿Por qué no te das un baño y lees un rato?

Callie sonrió.

–Me encantaría, pero no pienso dejarte a solas con mis padres.

Noah se acercó y la rodeó por la cintura.

–¿Por qué? ¿Tienes miedo de que saquen las fotos de cuando eras bebé o de cuando ibas al colegio?

–Siendo sincera, sí. No reconocerías a la chica que solía ser.

Noah la besó en los labios y la abrazó.

—Prometo no mirar ninguna foto —le dijo—. Date un baño relajante y lee un rato. Tus padres y yo estaremos bien.

Callie dudó un instante. Estaba cansada y, si de verdad iba a dormir allí con Noah, prefería refrescarse un poco.

El hecho de que Noah hubiera ido hasta allí indicaba que se preocupaba por ella de verdad, pero ella no quería hacerse muchas ilusiones. Independientemente de lo que ella sintiera por él, no podía pensar que él sentía lo mismo por ella.

Noah puso en marcha su plan y solo tenía que esperar a que Callie regresara a la habitación. Después de haber hablado un rato con el padre de Callie, estaba preparado para disfrutar a solas con ella.

Desnudo.

En el piso de arriba había visto algunas fotografías de ella cuando era pequeña. Efectivamente era una niña gorda, pero su sonrisa era igual de radiante y bonita.

Al cabo de una hora, ella apareció con unos pantalones cortos y una camiseta grande. Era la imagen más sexy que había visto nunca.

—No esperaba visita para dormir —dijo ella—. Sabía que aquí tenía ropa así que no traje pijama.

Noah permaneció sentado en el borde de la cama.

—No te disculpes por ser tú misma, Callie.

—Es ropa de cuando era mucho más gorda —le dijo—. Ahora que estás aquí a lo mejor quieres saber más de mí y de por qué luché tanto para salir de este pueblo.

Noah esperó porque sabía que estaba buscando el valor para seguir hablando.

—De pequeña era una niña gorda y poco popular. Sentía que este no era mi sitio y sabía que me marcharía en cuanto tuviera la oportunidad. Solía quedarme en casa viendo películas antiguas mientras las otras adolescentes iban a fiestas. Soñaba con convertirme en estrella y conseguir la fama —se sentó en el escalón de la entrada—. Mis padres insistieron en que estudiara en la universidad. Mediante becas conseguí licenciarme en Educación Infantil, pero sabía que no quería ser profesora. Quería ser actriz. Y era consciente de que con mi aspecto no tendría éxito en Hollywood. Durante el tiempo que estuve en la universidad, entrené mucho y comí de manera adecuada —continuó—. Cuatro años más tarde era una persona completamente distinta. Y después de graduarme continué trabajando en las oficinas de la universidad hasta que ahorré el dinero suficiente para irme a Los Ángeles.

Giró la cabeza para mirar a Noah por primera vez desde que había empezado a hablar.

—¿Por qué parece que te da miedo lo que yo pueda pensar? —preguntó él—. ¿De veras importa lo que yo piense, Callie? ¿O lo que piensen los demás? Esta historia me demuestra que eres una luchadora.

Ella se encogió de hombros.

—Puede ser, pero luchar ahora no cambiará nada.

Noah se acercó a ella y le dio la mano para que se pusiera en pie.

—Puede que tengas razón pero, si quieres un trabajo en la industria del cine, lo conseguirás. Es tu personalidad. Como la mía. Da igual que haya complicaciones, no abandonamos hasta conseguir lo que queremos.

Callie lo miró.

—¿Y qué complicaciones has tenido tú?

Noah no estaba preparado para hablar de Malinda así que decidió compartir otro problema.

—No me gusta que me consideren un héroe, como hace Blake. Haga lo que haga, ese niño seguirá teniendo cicatrices. Solo puedo minimizar los daños.

Callie le acarició la mejilla.

—Estás haciendo todo lo que puedes y él lo sabe. Su madre también. Cualquier mejoría lo hará feliz. Tienes que creer en ello.

Noah la besó en la palma de la mano y la colocó sobre su pecho.

—Lo que creo es que te deseo. Aquí. Y ahora.

El hecho de estar más enamorado de lo que nunca había imaginado lo asustaba, pero no permitiría que el miedo venciera al deseo, a la pasión y a la relación especial que compartía con Callie.

—Hazme el amor, Noah.

Él no necesitó ninguna otra invitación.

**

Callie despertó al oír golpes y martillazos y miró el despertador.

Eran casi las diez. Nunca había dormido hasta tan tarde. Miró al otro lado de la cama y vio que Noah ya no estaba.

Se levantó, se vistió y se recogió el cabello.

No había nadie en la casa así que salió al porche. Nunca olvidaría lo que vio.

Su padre y su amigo estaban en el tejado, su hermano también y ¿Noah? El hombre que solía trabajar con una jeringa llena de Botox llevaba un martillo en la mano.

Él la miró y sonrió. Era la misma sonrisa que le había dedicado mientras hacían el amor, una sonrisa prometedora que transmitía esperanza.

–Buenos días, hermanita –la saludó su hermano–. ¿Qué te ha pasado en la cara?

Callie suspiró. Al parecer sus padres no le habían contado nada.

–He tenido un accidente de coche.

Su hermano asintió y continuó arrancando tablones. Al parecer, el chico de veintidós años no era consciente del impacto que un accidente podía tener en la vida.

–¿Te hemos despertado? –le preguntó Noah desde el tejado.

–Debería haberme despertado antes –dijo ella–. ¿Puedo hablar contigo un momento cuando hagáis un descanso?

Noah dejó el martillo y bajó por la escalera.

–No lo entretengas demasiado –gritó el padre–.

No tenemos todo el día. Tú médico tiene que irse mañana.

Callie sonrió a su padre, agarró la mano de Noah y lo llevó a un lateral de la casa.

–¿Qué diablos estáis haciendo? –preguntó ella.

–Si me dejas que continúe estamos construyendo un tejado nuevo.

Callie puso las manos en las caderas y dijo:

–Eso es evidente, pero ¿de dónde han salido el dinero y los materiales?

–No sé, pero puedo seguir instrucciones, y necesitan mi ayuda.

Callie sintió que se le encogía el corazón.

–Anoche llamé a una tienda de materiales de construcción y pedí que lo trajeran inmediatamente. Lo he pagado con mi tarjeta de crédito.

–¿Y cómo sabías lo que tenías que pedir y cuándo lo hiciste?

–Hablé con tu padre mientras estabas en la ducha y él me dijo lo que necesitaban.

–¿Mi padre ha dejado que tú, un extraño, pagues por todo esto?

–Puede que le mencionara algo acerca de que éramos más que compañeros de trabajo, que no tenía familia y que quería ayudaros.

Ella sintió que las lágrimas afloraban a sus ojos.

–No puedes… –volvió la cabeza, controló las lágrimas y lo miró de nuevo–. No puedes imaginar lo que esto significa para mí y mi familia.

Noah le secó la mejilla y la besó.

–No quería que esto sucediera. Me refiero a la relación que tenemos, pero no sé qué me pasa contigo, Callie, que cuando necesitas algo quiero ser yo quién te lo dé. Estoy encantado de ayudaros pero mañana tengo que regresar a Los Ángeles. El lunes por la mañana quiero ver a Blake muy temprano para hablar del preoperatorio.

Callie asintió, le sujetó el rostro y lo besó:

–Vuelve al tejado.

–Callie.

Se volvió al oír que la madre se acercaba por el lateral de la casa.

–Hola, mamá.

Erma sonrió.

–¿Por qué no entramos para preparar una gran comida? Nuestros chicos estarán hambrientos en un par de horas.

Callie negó con la cabeza.

–Noah no es mi chico, mamá.

Su madre le retiró el cabello de la frente y asintió.

–Sí lo es. Si no lo fuera no habrías dormido con él en el sótano y él no habría venido a ayudarnos. Además, he visto cómo te mira. Ese hombre transmite algo más aparte de deseo en su mirada. Ese hombre transmite amor.

Callie miró a su madre en silencio. ¿Amor?

–Entremos –dijo Erma, y la agarró del brazo–. Y háblame de ese doctor tan atractivo.

Capítulo Nueve

Noah regresó al trabajo con el horario habitual. Tenía la agenda llena y no pudo evitar salir más tarde. Marie era una secretaria maravillosa pero él echaba de menos a Callie.

Su relación había cambiado la última vez que se habían acostado juntos. No sabía muy bien por qué pero sentía que habían alcanzado otro grado de confianza. Y era eso lo que quería evitar y adonde no quería llegar. Aquella relación solo debía centrarse en el sexo.

Sin embargo, esa noche tenía una sorpresa para ella. Estaba deseando ver la cara de Callie al recibir el regalo.

—¿Callie? —la llamó nada más entrar en la casa.

No la encontró en el salón ni en su dormitorio. Salió a la terraza y la vio junto a la piscina, en una tumbona.

—¿Tomando el sol? —le preguntó, y se sentó a su lado.

—Empezaba a estar muy pálida —dijo ella, apoyándose el libro que estaba leyendo en el vientre.

—A mí me parece que estás muy bien.

—¿Qué tal tu primer día de trabajo a jornada completa? —le preguntó con una sonrisa.

–Todo el mundo ha preguntado por ti –dijo él–. Quieren saber cuándo vas a regresar. Les he dicho que no estaba seguro.

–¿Y por qué no les has dicho la verdad? Que no voy a regresar.

–Tú veras. La única persona que te lo impide eres tú misma.

–No, esto es lo que me lo impide –se señaló el rostro.

–¿Una cicatriz? Te sorprenderías ver cuánta gente se alegraría de ver que te estás curando. Por favor, al menos intenta ir un día a la semana y luego ya veremos.

–No estoy segura, Noah. Ni siquiera quiero ir al supermercado, y mucho menos trabajar en una consulta llena de gente guapa.

Noah la agarró de la mano y tiró de ella para ponerla en pie. El libro se cayó al suelo.

–Espera –dijo Callie–. No lo digo para enfadarte. Solo quiero que sepas que no voy a trabajar en tu consulta a largo plazo, y que no me sentiré cómoda haciéndolo. Incluso si regresara solo un día a la semana, no me quedaría allí.

–Quiero llevarte a un sitio –dijo él, ignorando sus palabras.

Ella empezó a protestar y él levantó la mano para que se callara.

–Prometo que no te verá nadie, pero si te vieran pensarían que eres muy bella, igual que lo pienso yo. Ni siquiera tienes que cambiarte de ropa.

Ella se puso las chanclas y lo siguió hasta el garaje.

Arrancó el coche y condujo hacia la autopista.

–¿Adónde vamos?

Noah la miró de reojo y sonrió.

–Sabía que no podrías disfrutar del viaje sin más.

–Pues tenías razón. ¿Adónde vamos? –repitió.

–A un sitio que nos recordará que se puede sacar algo bueno de una situación mala.

Callie suspiró y se apoyó en la puerta.

–Preferiría que nos quedáramos en casa.

Al oír sus palabras Noah sintió un nudo en el estómago. Callie se refería a su casa, y no a su apartamento.

Se metió en una urbanización y detuvo el coche frente a una casa

–Ya estamos. Entra.

–Espera –dijo ella–. ¿Quién vive aquí? Dijiste que no tendría que ver a nadie.

–Es mi casa –dijo él–. Es la que se ha quedado vacía.

Callie bajó del coche y siguió a Noah hasta la puerta principal.

–Noah, esta casa es maravillosa –dijo cuando él abrió la puerta y vio que la planta era diáfana–. Es muy diferente a tu otra casa.

Él asintió.

–Esta la construí a mi gusto después de que la primera casa que tuve en este terreno estuviera a punto de desaparecer.

–¿Desaparecer?

Él la guio hasta el salón, al otro lado del muro de piedra.

–Fue la primera casa que me compré cuando empecé a trabajar como médico –señaló una foto que había en una mesa–. Viví aquí cinco años antes de que hubiera una inundación. Recuerdo pensar que no tenía nada más que una parcela llena de barro.

Callie miró la foto y trató de encontrar la casa.

–No sabía que aquí hubiera problemas de inundaciones.

–Si llueve mucho, como el drenaje no es muy bueno, el agua sube muy deprisa.

–Sé que tratas de darme una lección, pero no sé cuál –dijo, mirándolo a los ojos.

–Me sucedió algo terrible en la vida y tuve que elegir entre dejar que me consumiera y sentir lástima de mí mismo o tomar el control de mi vida y convertir este terrible contratiempo en algo positivo.

–¿Estás comparándome con esta casa?

Noah la abrazó.

–Empleé todo lo que tenía para reconstruir mi vida. Y no solo la reconstruí, sino que hice que fuera mejor.

–Si yo pensara que puedo hacer que mi vida sea mejor, lo haría, Noah.

–Será mejor –la besó en la cabeza–. La microdermoabrasión salió bien y pronto podremos hacer otra. He hablado con varios colegas y todos piensan que, pasados unos meses, veremos una gran diferencia y que entre tanto podemos barajar las opciones de la cirugía.

–¿De veras? ¿Crees que a lo mejor no necesito cirugía?

—El tejido de debajo de la herida ya no está inflamado y el corte no es tan profundo como pensábamos en un principio.

A Callie se le llenaron los ojos de lágrimas.

—Ojalá, Noah. No me importa tener que operarme. Solo quiero ser yo otra vez, pero tengo miedo.

—Yo no, Callie —la besó en los labios—. Estoy entusiasmado con tu futuro. Esto va a salir bien y vamos a lucharlo juntos.

Ella lo miró a los ojos. Sonrió mientras una lágrima le rodaba por la mejilla. Noah se la secó con el dedo pulgar.

—Confío en ti.

Lo rodeó por el cuello y le acarició el cabello. Él la sujetó por la cintura y la estrechó contra su cuerpo.

—Te deseo —murmuró él.

—Entonces, poséeme.

Noah la besó en la boca y la llevó al salón para tumbarla en un sofá y quitarse la camiseta.

Callie lo miró mientras terminaba de desvestirse y notó que se le aceleraba el corazón. Cada vez que tenían un encuentro íntimo deseaba saber adónde llegarían con esa relación. Pero en ese momento, solo deseaba una cosa. A Noah.

Se quitó el top que llevaba y dejó sus senos al descubierto. Noah estiró la mano y la ayudó a levantarse. Después, ella se quitó los pantalones y los dejó en el suelo. Se acercó a Noah y se acurrucó contra su cuerpo. Siempre se sorprendía de lo maravilloso que era. Le acarició el cabello y *él inclinó la cabeza para* besarla. Noah le acarició la espalda y la estrechó contra su cuerpo para sentir sus senos contra el torso. Ella deseaba más.

–Noah –susurró contra sus labios–. Quiero que sepas que…

–Shh –él le mordisqueó el labio–. Más tarde.

Callie no estaba segura de si debía decirle que estaba enamorada de él o no. Pero cuando él la sujetó por el trasero y la levantó del suelo, ya no le importó.

Noah apoyó una rodilla en el sofá y dejó a Callie sobre él, sin romper el contacto entre ellos. Le habría gustado permanecer en ese instante el resto de su vida. Era más feliz de lo que había sido hacía mucho tiempo. Callie le había enseñado cómo vivir otra vez. De pronto, se percató de que aquel viaje a la casa antigua no solo le serviría como lección a Callie.

–Te deseo. Aquí y ahora.

Eso fue todo lo que él necesitó oír para penetrarla, sin protección, sin nada que se interpusiera entre ellos, igual que las dos veces anteriores.

Pero esa vez fue diferente. Él había dejado su corazón al descubierto y podía volver a sufrir. Se colocó sobre ella con cuidado y vio que ella lo miraba con amor y confianza… Sí, cuando la miraba veía amor en sus ojos.

Noah la besó para dejar de mirarla a los ojos. *¿Y si ella también podía leer su mirada? ¿Qué vería en ella?*

La acarició con la lengua, imitando el movimiento de sus cuerpos y ella lo rodeó con las piernas.

Antes de que pudiera pensar en lo que él había visto, ella tensó la musculatura de su cuerpo alrededor del suyo, provocando que perdiera el control y cediera ante el placer que solo Callie era capaz de proporcionarle.

Después, abrazado a ella, intentó ignorar el hecho de que cada vez que cerraba los ojos y pensaba en la mujer de su vida, Malinda ni siquiera aparecía en la imagen. Callie había ocupado su lugar. Había llenado su cama, su casa, y temía que si se lo permitía, llenara también su corazón.

Callie le acarició la espalda a Noah pero se percató de que se había quedado dormido. El sol se había ocultado y estaban tumbados en la oscuridad, desnudos. Sin embargo, ella empezaba a ver un rayo de luz en su futuro. ¿Podrían permanecer juntos? A Noah no parecía preocuparle su aspecto, ni la cicatriz.

Además, aunque él no quisiera admitir lo que sentía por ella, era consciente de que era algo más que una amistad. Si no, no habría sido tan paciente y cariñoso con ella.

El hombre que era conocido por salir cada noche con una mujer le había dedicado todo su tiempo.

Noah se movió una pizca y murmuró dormido:

—Thelma. No, por favor.

Callie se incorporó un poco y se fijó en su rostro. Tenía el ceño fruncido y apretaba los dientes.

—No —dijo él—. No te preocupes.

Callie lo agarró del hombro.

—Noah. Noah, despierta.

Él murmuró algo que ella no comprendió.

—Noah, estás soñando.

Él abrió los ojos, la miró, y los cerró de nuevo.

—Maldita sea —susurró.

—¿Quieres contarme lo que ha sucedido?

Noah se pasó la mano por el rostro.

—Estaba soñando con Thelma.

—Eso ya lo sé. ¿Quién es?

—La mujer a la que visito en la residencia.

Noah se puso en pie y buscó los pantalones para ponérselos.

—¿Y por qué te preocupa tanto?

Noah agachó la cabeza y se frotó la nuca.

—Es una historia muy larga, Callie, y no me apetece hablar de ella.

—Me gustaría pensar que estamos para apoyarnos el uno al otro, Noah. Quiero ayudarte, pero no me lo permites.

Él se volvió para mirarla.

—Si pudiera permitírselo a alguien, Callie, sería a ti.

Callie se puso en pie y le preguntó:

—¿Puedo ir contigo? —lo agarró por los hombros.

—¿A ver a Thelma?

Callie asintió.

—Está claro que es alguien importante para ti, Noah. Me gustaría acompañarte.

—*No es buena idea.*

—¿Por qué no?

Él la rodeó por la cintura.

—Porque está muy confusa. No sabrá quién eres.

—Si tiene *alzheimer* ni siquiera recordará que he estado allí —Callie le sujetó el rostro—. Quiero estar a tu lado, Noah. Has hecho mucho por mí. Por favor, deja que haga esto por ti.

Él la besó en los labios y sonrió.

—¿Podrías ir mañana?

—Me encantaría.

Noah apenas pudo dormir a causa de los nervios.

Era viernes y, después del trabajo, Callie y él se dirigían a la residencia. Esperaba que Thelma no comenzara a hablar de la boda.

Cuando llegaron a la residencia, Noah guio a Callie hasta la habitación de Thelma. La puerta estaba cerrada y Noah llamó. Enseguida, Thelma abrió la puerta y al ver a Callie empezó a decir:

—¡Malinda! ¡Malinda!

Al ver que le daba un gran abrazo, Noah sintió que el pánico se apoderaba de él. Ni siquiera se le había ocurrido que pudiera confundir a Callie con Malinda. Era cierto que tenían algún parecido pero, después de tanto tiempo, él ya lo había olvidado.

—Pasad, pasad —dijo Thelma—. Me alegro mucho de que hayáis venido los dos. No puedo creer que mi Malinda esté aquí. Me alegro tanto de verte, querida.

Callie miró a Noah, suplicándole en silencio que interviniera.

—Thelma —comenzó a decir él—. Esta es…

—Vaya sorpresa —Thelma le agarró la mano a Callie–. Llevaba tiempo esperando a que vinieras –la miró–. Cariño, ¿qué te ha pasado?

Noah dio un paso adelante y dijo:

–Tuvo un accidente, pero ya está bien. Solo ha sido un corte.

–¿Te encuentras bien? –preguntó Thelma, mirando a Callie a los ojos.

–Estoy bien –dijo Callie con una sonrisa–. ¿Y tú?

–Soy vieja –dijo Thelma, riéndose–. Eso es todo. Quería que vinieras. No puedo esperar para oír los detalles de la boda. Noah apenas me ha contado nada.

–Oh, no estamos comprometidos –dijo Callie–. Nosotros…

Noah apoyó la mano en el hombro de Callie para que se callara.

–A Thelma le encanta hablar de bodas pero yo preferiría saber cómo se encuentra hoy –dijo, tratando de cambiar de tema.

–Estoy bien, ya te lo he dicho. Prefiero hablar de la boda de mi maravillosa nieta –se levantó de la butaca–. Espera un momento, tengo algo para ti.

Callie se volvió hacia Noah y susurró.

–¿Quién se cree que soy?

–Su nieta –contestó Noah con nerviosismo.

–¿Estabas comprometido con ella?

Noah asintió. No pudo decir más.

–Ya estoy aquí –Thelma regresó con una foto–. La he guardado mucho tiempo y me encanta mirarla pero se me ha ocurrido que a lo mejor podéis ponerla en vuestra casa nueva.

Callie miró la foto y estuvo a punto de atragantarse. Noah no solo había estado comprometido sino que la mujer era muy parecida a ella.

Noah aparecía abrazado a Malinda y ambos sonreían a la cámara. Callie sintió ganas de romper la foto pero al ver que Thelma la miraba esperanzada, sonrió.

—Gracias. Es preciosa.

—Os la regalo, pero espero que me deis una foto de la boda.

Callie asintió.

—No me encuentro muy bien.

Noah trató de rodearla por los hombros pero ella se echó a un lado. No quería que él la tocara.

—Oh, cariño, ¿estás bien? –preguntó Thelma.

—Un poco cansada. ¿Te importaría que habláramos de la boda otro día?

—Por supuesto –miró a Noah–. Llévala a casa y cuida de ella. Por favor, volved pronto –dijo Thelma con una sonrisa–. Me encanta veros juntos.

Callie permitió que la mujer le diera un abrazo y consiguió controlarse para no romper a llorar.

Cuando regresaron al coche no sabía por dónde empezar. Sentía un dolor tan intenso que temía romperse en un millón de pedazos.

—¿Estuviste comprometido con su nieta?

Noah suspiró y ni siquiera se volvió para mirarla.

—Sí.

—¿Y nunca se te ocurrió mencionármelo? ¿Ni que somos muy parecidas?

—Sinceramente…

Callie soltó una carcajada.

–Sí, Noah. Sinceramente...

Él se volvió para mirarla y ella se paralizó al ver el sufrimiento que había en su mirada.

–No quería que mi pasado formara parte de mi presente.

–¿O tu futuro? ¿O es que no me veías en tu futuro? ¿Pensabas que cuando me curara regresaría a mi apartamento, que olvidaría lo bien que hemos estado juntos y que tú podrías seguir tu camino? Porque yo imaginaba algo más. Has conocido a mi familia. Te has comportado como si tuviéramos mucho más. ¿Todo era mentira? ¿Una manera de pasar el tiempo hasta que superaras lo de tu prometida?

–Nunca te dije que esto fuera algo serio, Callie.

–Tampoco me dijiste lo contrario –susurró entre lágrimas–. Y tu manera de actuar me decía todo aquello que sentías de corazón y que eras incapaz de admitir. ¿Qué le sucedió a Malinda?

Noah la miró fijamente.

–Murió de sobredosis hace un año.

Callie nunca habría imaginado esa respuesta.

–Quería ser actriz –continuó él–. Deseaba la vida de lujo con la que siempre había soñado y antes de que yo me diera cuenta estaba enganchada a las drogas. Calmantes. Intenté ayudarla e ingresó dos veces para rehabilitarse pero fue inútil.

Callie escuchó atentamente, consciente de que le estaba resultando doloroso.

–Debería haberme percatado antes, y haber hecho algo más. Pero al final, le fallé.

–¿Y yo he sido la sustituta? –preguntó ella–. ¿No pudiste salvarla y decidiste salvarme a mí?

–Puede ser que en un principio sí. No quería fallarle a alguien que me importa.

–¿Alguien que te importa? Yo no te importaba Noah. Lo que te importaba era salvar tu imagen. Tu ego. Y ni una sola vez has pensado en cómo me afectaría todo esto. ¿Se te ocurrió pensar que podíamos tener relaciones íntimas y que no me enamoraría de ti? ¿Qué no empezaría a pensar en un posible futuro juntos? ¿Que no te amaría? –susurró con lágrimas en las mejillas–. Ojalá nunca me hubieras ofrecido tu ayuda. Estaría mucho mejor sola que sabiendo que he sido la sustituta de otra mujer.

Noah se acercó a ella y Callie se alejó hacia la puerta.

–Ni se te ocurra tocarme.

–No pretendía hacerte daño, Callie. Resulta que me importas mucho más de lo que quería que me importaras.

–Llévame a casa. A mi apartamento. Más tarde puedes llevarme el resto de mis cosas y dejarlas en el escalón de la entrada. No quiero volver a verte. Y que sepas que dejo el trabajo. Desde ahora mismo.

Capítulo Diez

Noah entró en la habitación de Callie y cerró los ojos. Había estropeado la relación. Por proteger su corazón, había destrozado el de ella. ¿Qué clase de hombre le hacía eso a una mujer vulnerable?

Le había robado el corazón. Callie ocupaba un lugar nuevo en su corazón y no era una mera sustituta de Malinda. Lo que ella le aportaba era tan real y novedoso que no sabía cómo no se había dado cuenta hasta que la había visto llorar de rabia y desesperación.

Y sus lágrimas lo habían destrozado. Él era el que se las había provocado. Él era el que le había hecho daño y el que tendría que tratar de solucionarlo.

No pensaba dejar que Callie Matthews se alejara de su vida. Sacó el teléfono móvil del bolsillo y llamó al agente inmobiliario.

Era el primer paso para recuperar a Callie.

Callie estaba frente al ordenador tratando de encontrar un nuevo trabajo. Noah la había dejado en su casa por la mañana, era la hora de la cena y todavía no le había llevado sus cosas. Si pensaba que iba a regresar, era un idiota.

Había varios trabajos de profesora en los que podría empezar inmediatamente y con los que ganaría dinero hasta que pudiera decidir qué más podía hacer. Seguía pensando en la posibilidad de actuar y recordaba lo que Max le había dicho acerca de que un buen maquillador podía disimular su cicatriz. Pero, entre tanto, necesitaba dinero para poder vivir y para pagar el tratamiento de microdermoabrasión. Quizá podía pedir un préstamo.

Llamaron a la puerta y se quedó paralizada. Si era Noah, podía dejar las cosas y marcharse.

—Tengo que hablar contigo, Callie.

Ella cerró los ojos y suspiró. Después se acercó a la puerta y abrió.

—¿Qué quieres?

Él la miró de arriba abajo y no dijo nada.

—¿Dónde están mis cosas? —preguntó al ver que no había dejado nada en el escalón.

—Quiero llevarte a un sitio —le dijo.

Ella se cruzó de brazos y exclamó:

—¡Debes de estar bromeando!

—Solo una hora, Callie. Es todo lo que te pido, después, si no quieres, no volverás a verme.

—Una hora —dijo ella, conteniéndose para no cerrarle la puerta—. Nada más.

—Gracias —suspiró él.

Ella agarró las llaves y el bolso y cerró la puerta. Una vez en el coche, se preguntó si estaría cometiendo un error.

—Estás preciosa —le dijo mientras arrancaba.

—No necesito que me hagas cumplidos.

–El día que fuimos a celebrar que te habían dado el papel y llevabas todos los boletos amarillos en la mano pensé que ese era tu color. Puede parecer una ridiculez pero siempre estás tan animada, viva, y ese día tenías una sonrisa tan grande…

Ella se miró el top de color amarillo que llevaba y cerró los ojos.

–¿Qué quieres de mí, Noah?

–¿Un nuevo comienzo?

–¿Qué?

–He llamado a la inmobiliaria y he aceptado la última oferta de mi casa. Voy a mudarme a mi casa antigua.

Callie cerró los puños para no tocarlo.

–Estupendo.

–Y tengo una propuesta para ti, pero tienes tiempo para pensar en ella.

–¿Cuál es?

–Quiero que sigas posando para mí. He tomado una decisión acerca de la nueva consulta que voy a abrir –le agarró la mano y se la apretó–. Será una consulta para personas quemadas o con cicatrices.

Callie retiró la mano y se cubrió los labios para ocultar su temblor.

–Noah…

Él giró en una calle hacia la pizzería donde habían ido semanas atrás. Después de aparcar, la miró y le agarró ambas manos.

–Me has enseñado muchas cosas, Callie. Has hecho que abra los ojos para las cosas importantes –los ojos se le llenaron de lágrimas–. Después de conocer a tu familia, de conocerte mejor y de enterarme de cómo has luchado por lo que querías, sé que eres la mujer que quiero tener a mi lado. Me gusta tu carácter decidido… Quiero tu amor.

—No hablas en serio. Solo me ves como otra mujer que te ha dejado.

—Malinda y tú puede que tengáis cierto parecido, pero sois muy diferentes. Me has robado el corazón, Callie y creo que ella no lo hizo nunca. Lo que siento por ti es tan intenso que no puedo dejar que te vayas. No permitiré que abandones lo que tenemos. No cuando es algo casi perfecto.

Callie miró al restaurante y vio que lo niños que jugaban en el interior ganaban boletos y corrían de un lado a otro con una amplia sonrisa.

Deseaba creer cada palabra de las que había dicho Noah. Pensaba que si no la amaba de verdad no habría reaccionado tan deprisa cuando ella se marchó. No habría vendido su casa y no habría aparecido en su puerta dispuesto a luchar por lo que tenían.

—¿Qué estamos haciendo aquí, Noah?

—Vamos a celebrarlo.

—¿El qué?

Noah sacó el mono horrible que ella había ganado semanas antes de detrás del asiento.

—No es un anillo pero espero que quieras celebrar el hecho de que vamos a pasar nuestra vida juntos. Para siempre.

Callie miró al peluche y sonrió entre lágrimas.

—Cielos, esto es romántico y ridículo al mismo tiempo –se rio.

–¿Qué te parece si entramos y ganamos más cosas ridículas con las que decorar nuestra casa?

Ella lo rodeó por el cuello y lo abrazó.

–No se me ocurre nada mejor.

Noah le sujetó el rostro y la besó en los labios.

–Te quiero, Callie Matthews.

Ella vio el brillo de la sinceridad en su húmeda mirada.

–Yo también te quiero –contestó.

Deseo

Los pasos del romance
KAT CANTRELL

Un giro equivocado en una autopista de Texas y el guapísimo di-
rector de cine Kristian Deme-
trious olvidó su primera regla: no
involucrarse. La preciosa y diver-
tida VJ Lewis necesitaba que la
llevase a Dallas y él estaba más
que dispuesto a hacerle ese favor. Sin embargo, su carrera de-
pendía de llegar allí sin haberse
dejado llevar por la pasión que
VJ encendía en él.

Ella insistía en pensar que bajo
el frío exterior de Kris se escon-
día el corazón de un héroe y estaba dispuesta a demostrarlo ex-
plicándole paso a paso en qué
consistía el amor.

*Aquel viaje estaba tomando
una dirección desconocida*

¡YA EN TU PUNTO DE VENTA!

Acepte 2 de nuestras mejores novelas de amor GRATIS

¡Y reciba un regalo sorpresa!

Oferta especial de tiempo limitado

Rellene el cupón y envíelo a
Harlequin Reader Service®
3010 Walden Ave.
P.O. Box 1867
Buffalo, N.Y. 14240-1867

¡Si! Por favor, envíenme 2 novelas de amor de Harlequin (1 Bianca® y 1 Deseo®) gratis, más el regalo sorpresa. Luego remítanme 4 novelas nuevas todos los meses, las cuales recibiré mucho antes de que aparezcan en librerías, y factúrenme al bajo precio de $3,24 cada una, más $0,25 por envío e impuesto de ventas, si corresponde*. Este es el precio total, y es un ahorro de casi el 20% sobre el precio de portada. !Una oferta excelente! Entiendo que el hecho de aceptar estos libros y el regalo no me obliga en forma alguna a la compra de libros adicionales. Y también que puedo devolver cualquier envío y cancelar en cualquier momento. Aún si decido no comprar ningún otro libro de Harlequin, los 2 libros gratis y el regalo sorpresa son míos para siempre.

416 LBN DU7N

Nombre y apellido	(Por favor, letra de molde)

Dirección	Apartamento No.	

Ciudad	Estado	Zona postal

Esta oferta se limita a un pedido por hogar y no está disponible para los subscriptores actuales de Deseo® y Bianca®.
*Los términos y precios quedan sujetos a cambios sin aviso previo.
Impuestos de ventas aplican en N.Y.

SPN-03   ©2003 Harlequin Enterprises Limited

Bianca

«Por mucho que me cueste admitirlo, quizás merezca la pena pagar la astronómica cifra que pides por acostarme contigo»

Siena DePiero quizás tuviera sangre azul en las venas, pero jamás le había gustado el opulento estilo de vida de su familia, que no le había provocado más que desgracias. Tras la ruina familiar, el único bien que quedó con el que poder comerciar fue la virginidad de Siena.

Andreas Xenakis había esperado años para vengarse, y estaba más que dispuesto a pagar para conseguir a Siena en su cama. Sin embargo, tras la primera noche juntos, todo lo que Andreas había pensado de la pobre niña rica resultó ser falso.

Perdón sin olvido

Abby Green

Una herencia maravillosa

PAULA ROE

Vanessa Partridge tenía un buen motivo para querer el valioso manuscrito que se subastaba; era el legado de sus hijas gemelas, pero no había contado con que el multimillonario Chase Harrington lo comprase y después se presentase en su puerta.

Chase tenía una nueva obsesión: Vanessa. Aquella mujer de familia adinerada, trabajadora y madre de dos niñas era algo más de lo que parecía… y él quería descubrirla. Chase también tenía secretos pero, sobre todo, quería dejarse llevar por aquella fuerte atracción. ¿Podría permitirse jugar con fuego?

Había ganado la subasta…
y ahora quería a la mujer

¡YA EN TU PUNTO DE VENTA!